ORIGINE DELLE FESTE VENEZIANE

VOL. VI

GIUSTINA RENIER MICHIEL

Festa per la Vittoria

AI DARDANELLI.

Dopo la nostra vittoria alle Curzolari, altrove descritta, fummo costretti a segnar la pace colla Porta Ottomana; e per ottenerla, dovemmo cedere il più bel possesso, che avessimo nel Mediterraneo, il regno di Cipro con altri stabilimenti marittimi. Chi non istupirà di un tal fatto? Potevasi mai credere, che così andasse a riuscire un'azione tanto celebrata nelle bocche degli uomini, che avea portate il terrore nel Serraglio, nel Divano e in tutta Costantinopoli, e che avea perfin costretto il monarca a fuggire, sul dubbio che o il nemico gli occupasse la capitale, o il popolo gli si rivoltasse? Cesseranno però le maraviglie quando si sappia, che la Repubblica di Venezia non poteva da sè sola continuar le sue imprese, e che i suoi alleati, gelosi di sua grandezza, si mostrarono subito dopo la vittoria ancor più freddi, irresoluti, inattivi a prosieguir una guerra, di cui la gloria poteva esser comune, non già l'utilità, ch'era quasi esclusivamente in favore de' Veneziani. In oltre tutte le altre nazioni, che frequentavano i mari per ragion di commercio, e particolarmente la Spagna, riflettendo che coll'indebolire questa potenza marittima di primo ordine potevano trarre per sè grandissimi vantaggi, risolsero unanimi di non ascoltar più che la sola voce del proprio interesse, e di esser sorde alle grida della giustizia contro la violenza e a quelle del Cristianesimo contro la propagazione di una falsa religione. Riconosciuto ch'ebbe la Repubblica di non poter menomamente contar sopra tali alleanze, fermamente determinossi di evitare colla massima cura una guerra, che non faceva ch'esaurirla, malgrado le sue belle vittorie. Di fatti, passò quasi un secolo, senza che la pace fosse stata interrotta, allorchè nel 1644 un avvenimento stranissimo, che nulla la riguardava, eccitò un terribile incendio.

Ibraimo, primo di questo nome, era succeduto nell'impero ottomano al fratello Amurat. Amava egli molto Gelis Agà, governatore del Serraglio. Questi aveva radunati immensi tesori, ed era illuminato abbastanza per conoscere l'instabilità de' favori sovrani; onde, temendo il cangiamento della fortuna, pensò di andarsene trasportando seco tutte le sue ricchezze. Nondimeno, per coprire i suoi timori con un pretesto plausibile, chiese a Ibraimo la permissione di andare alla Mecca per rendere una divota visita all'arca di Maometto. Ibraimo, nulla sapendo ricusare al suo favorito, gli accordò la grazia. Gelis s'imbarcò colla sua famiglia, ed un seguito tale da riempiere molti vascelli.

Giunti questi all'altura di Rodi s'incontrarono colle galee Maltesi, che gli attaccarono. Quivi cominciò un combattimento ferocissimo e sanguinoso, che durò per lo spazio di sette ore. In fine i prodi cavalieri ottennero una compiuta vittoria. Acquistarono oltre i vascelli tutte le ricchezze; vi fecero un gran numero di prigionieri, e Gelis Agà con molti del suo seguito rimase trucidato. I vincitori da una burrasca tremenda furono gettati sulle coste di Candia, dove si fermarono alquanti giorni per racconciar la loro flotta, ristorare i marinai, e disfarsi del superfluo, vendendo ai ricchi mercadanti ed ai cittadini gli effetti turcheschi.

Quando la nuova di quest'avvenimento giunse a Costantinopoli, tutti ne furono vivamente agitati, anche per timore che simili danni accader potessero ad essi pure. Cosicchè mascherando questo lor timore sotto lo spezioso zelo di religione, deploravano altamente il caso infelicissimo avvenuto a que' pellegrini, che andavano a venerare la Mecca, ed esclamavano essere ormai impedito il più sicuro cammino della salute eterna per il pericolo della schiavitù e della morte. Il sepolcro di Maometto trovarsi tributario de' Cristiani, ed i voti de' divoti Musulmani dover passare tra le spade di quegl'infedeli. Commiseravano le donne tra i ceppi, ed i fanciulli prima schiavi che nati. Essere interrotto il commercio del Cairo e dell'Egitto, che somministra tesori all'erario, ricchezze alle sultane, delizie ai grandi, comodi a tutti. Tali esagerazioni suscitarono ognora più l'odio d'Ibraimo contro i Cristiani; e tanto gli esacerbarono l'animo, ch'egli immediatamente giurò vendetta per l'accaduto, lanciò ordini severissimi agli arsenali, ai Beì, ai Bassà, che per il mese di aprile dovessero essere in pronte flotte tali, da sterminare tutt'i nemici del nome musulmano.

Gli ambasciatori delle Corti straniere fecero le loro rimostranze, comprovando essere l'Ordine di Malta un governo distinto, che sussiste da sè con forze proprie, e che con instituti suoi proprii si regge. Particolarmente il Bailo di Venezia affermò non avere la Repubblica che far co' Maltesi, mentre anzi essa escludeva dal proprio Governo chi avesse abbracciato quella religione, e adoperava ogni cura per tenerli sempre lontani da' suoi Stati. Il Divano allora mostrò di arrendersi a queste ragioni, e trattò più dolcemente i ministri esteri. Pubblicossi, che l'ira del Sovrano era contro i Maltesi, che li voleva distrutti insieme alla loro città, senza di che non poteva placarsi.

Forse Ibraimo così pensava a quel momento, ma a che servono le migliori disposizioni del monarca contro la volontà de' suoi ministri? In oltre per maggiore sciagura de' Veneziani, i Mori barbareschi, conoscitori perfetti dell'isola di Malta, fecero all'imperatore una descrizione circostanziata della sua posizione, delle sue fortificazioni, del valore de' suoi difensori, della loro arte nel maneggio dell'artiglieria, e di tutto ciò infine, che potea renderla inespugnabile; aggiungendo pur anche i pericoli di quel mare, dove le flotte nè ponno fermarsi per mancanza di porti, nè rifuggirvisi in nessuna parte al momento delle burrasche e de' venti contrarii, talchè corrono il rischio di perire. Ibraimo, benchè a malincuore, fu convinto di queste grandi difficoltà, considerando sopra tutto che gli avvertimenti venivano da persone, che niente più desideravano, quanto la distruzione de' loro eterni nemici e persecutori; e per ciò si mise egli allora ad ascoltare i ministri, che lo consigliarono di ritirarsi con onore dal suo primo disegno, mirando ad un'impresa assai più utile e gloriosa, quale si era quella della conquista di Candia. Gli fecero conoscere, che quel regno nelle mani de' Veneziani era un asilo favorevole ai nemici de' musulmani; che anche in quest'ultimo caso, i Veneti avevano accolto i Maltesi colla massima esultanza, avevano prestato loro ogni genere di soccorso, ed anche comperati gli effetti de' Turchi; e ch'era finalmente tempo di vendicarsi di tanti oltraggi. Osservavano essersi l'Impero Ottomano ingrandito, non già con acquisti lontani, che si conservano con incomodo e con pericolo di ribellioni, ma con provincie confinanti, le quali formando un solo corpo unito, lo rendono a tutti tremendo. Coll'acquisto di Candia assicuravasi non solo la libera navigazione dell'Arcipelago, ma toglievansi i mari ai cristiani, rendevasi più facile l'espugnazione della Sicilia, di Malta e dell'Italia; assicuravansi le spalle ai musulmani e si chiudevano le porte ai nemici per entrare negli Stati ottomani. A tutto ciò aggiungevano consistere questo tentativo in una sola campagna, qualora con sagace accorgimento, e colla sorpresa, si prevenissero le flotte della Repubblica, ed i piccioli e languidi soccorsi delle altre potenze. Essere necessario particolarmente ingannare il Bailo, tenere a bada la Repubblica, deluder il mondo, e non far precedere alcuna dichiarazione di guerra, com'era stato sempre in uso. Il secreto essere l'anima delle grandi imprese. Essere ad una gran potenza lecito il far tutto ciò che le piace, senza che punto si disonori, poichè la moltitudine crede generalmente, ch'essa abbia sempre buone ragioni per fare ciò che fa.

Questi consigli, veramente barbari, erano però tali da piacere ad un despoto, presso cui la giustizia non è mai freno alle viste d'interesse. Ibraimo se ne persuase a segno, che risolse sul momento stesso di rivolgere tutt'i preparativi di guerra a questo solo oggetto, pubblicando però, ch'erano contro i soli Maltesi. Indi fece assicurare l'ambasciator Veneto della sua antica amicizia verso la Repubblica, giurando che non mai contro essa rivolgerebbe le proprie forze; ed aggiunse, che allorquando le sue flotte fossero entrate in qualche porto de' Veneziani, tenea per fermo, che verrebbero provvedute di quanto loro bisognasse.

Il Senato trovossi allora in un crudele imbarazzo, nè sapea, se più creder dovesse alle proteste de' Turchi, o agli avvisi che riceveva, essere solo contro Candia diretti i preparativi ostili. Nell'ambiguità de' consigli era sano il pensare al peggio, tanto più che non parea punto ragionevole ragunarsi tante forze marittime e terrestri per conquistare un'isola, quale si era Malta, sterile, picciola, priva di acqua e di vitto. Ma come ostentar difese senza essere minacciati? Come far pompa d'armi con sì piccoli mezzi, atti soltanto a provocare il mal talento di chi per la sua superiorità può riguardare il debole come suo nemico? E quali speranze nodrire sopra i principi cristiani, dopo le tante sventurate esperienze, e nel momento in cui essi pure avevano di che pensare ai casi loro? Dopo molte dispute ognuno convenne nel 1645, come per le medesime ragioni nel 1781, che ad onta del conoscersi benissimo quante sciagure cagionar potrebbe il prestar fede agl'infedeli; la Repubblica trovavasi allora nella dura necessità di mostrarsi affezionata a chi pur troppo le dava motivo di altamente temere.

Compiuti gli apparecchi di guerra in Costantinopoli, Ibraimo nominò in capitan generale delle sue flotte un croato di nome Selectar, suo principal favorito, del quale men conosceva la capacità, che tutto il resto. Questi uscì dallo Stretto il 24 luglio 1645, con una flotta di 370 vele, con 50000 uomini da sbarco e 70 cannoni da assedio. Passando per Tine, i cui abitanti erano sudditi della Repubblica, fu non solo approvigionato di tutto l'occorrente, ma pur anche regalato di limoni, zucchero, mele, cera, ed altre cose a lui graditissime, talchè protestò la più viva riconoscenza, e promise che farebbe sapere all'imperatore la buona condotta, e la generosità di quegl'isolani. Da Tine venne costeggiando la Morea; e colà, unitosi ad una squadra barbaresca, fece mostra di dirigersi verso Malta, ma effettivamente rivolse le prue verso Candia.

Avvertito Ibraimo trovarsi la sua armata prossima al vagheggiato regno, si levò la maschera, diede ordine di circuire il palazzo del Bailo di Venezia, e di ritenerlo prigioniere. Le rimostranze di tutti gli ambasciatori delle corti forestiere nulla valsero. In questo modo s'incominciò la guerra.

Giunse la flotta alla vista di Candia con vele gonfie, bandiere spiegate e strepito di militari strumenti, facendo così tremenda mostra della sua forza. I popoli si misero tosto in estremo spavento; chi raccoglieva in tutta fretta le sue robe; chi non le curava per fuggirsene più presto; le mogli ed i figliuoli o seguivano i loro padri e mariti desolati, o mandavano disperate grida infruttuose; i campi pieni di grano e di frutta, i casali popolatissimi venivano abbandonati; gli uni si ricoveravano nella città di Candia, gli altri cercavano scampo su pe' monti, talchè in pochi momenti quell'ameno ed ubertoso soggiorno divenne un vero deserto. I Turchi fecero una discesa a due miglia dalla Canea, senza trovarvi la menoma opposizione. Cinsero in prima il forte S. Teodoro, ch'era sprovvisto di qual siasi difesa; non eravi un sol cannone; pochi fucili e pochissima polvere; tutta la guarnigione consisteva in quaranta soldati con un capitano. Pure questo pugno di prodi seppe far tanto da opporsi alla scalata dei nemici, e per due volte respingerli, uccidendone un gran numero. Conoscendo finalmente l'impossibilità di fare più lunga resistenza, il valoroso capitano Biagio Giuliani, da uomo di gran cuore, fece scavar una larga fossa, e vi gettò dentro tutto ciò che rimaneva di munizioni di guerra; indi coll'eloquenza della vera passione, eccitò i suoi compagni d'armi, a voler con lui preferire una morte gloriosa al dolore di esser vinti; dopo di che si lanciò nella fossa, e la maggior parte de' suoi seguì un tanto esempio. Si diè fuoco allora alla polvere, la cui esplosione cagionò, oltre la morte loro, anche quella di 500 Turchi; onde gli altri, temendo che tutta la piazza fosse invasa di mine, cominciarono a fuggire: ma Selectar arrabbiato, furente, minacciante, costringe i Turchi ad entrar nella piazza, dove trovativi alcuni de' nostri soldati ancor vivi, li fa trucidare, ed abbandona spietatamente tutto quel circondario alla feroce brutalità de' suoi. Soddisfatta in tal modo la sua ingiusta vendetta, portossi verso la Canea.

Ma qual resistenza poteva essa fare, se le sue fortezze erano in pessimo stato, ed aveva appena due mila uomini di guarnigione, nè poteva sperare se non debolissimi, ed anche lontani soccorsi? Di fatti, appena vi giunse il capitan Bassà, ch'egli investì la piazza, e vi aperse una trinciera.

Come dipingere la costernazione del Senato allorchè seppe, quasi nel momento medesimo, l'arresto del Bailo, lo sbarco de' Turchi, e l'assedio della Canea? Non gli restava più dubbio sull'inique mire de' Turchi. Tentò subito un qualche accomodamento con loro, ed insieme procacciò colla maggior efficacia, d'interessare nella sua causa i principi cristiani, senza però trascurare l'apprestamento alla difesa. Tutti i cittadini concorsero a gara per offrire ogni cosa alla patria. Ma queste generose offerte non poterono per allora produrre alcun effetto salutare. Il tempo necessario ai preparativi, i venti contrarii ed, aggiungiamo anche, l'opposizione di consigli fra li comandanti ritardarono i soccorsi, e la Canea dovette capitolare. In questo modo finì la prima campagna. I Turchi rientrarono a Costantinopoli per allestirsi a compiere il reo disegno di conquistare l'intero regno di Candia.

Non si può negare, che la Repubblica di Venezia, dopo quanto avea sofferto e speso in tutte le guerre, e contro i Genovesi, e contro i Turchi, e contro gli alleati di Cambray, e finalmente in quella di Cipro, non si fosse molto indebolita. Oltre a ciò, un secolo quasi intero di pace l'aveva snervata e privata de' migliori suoi comandanti, poichè i vecchi cittadini erano allora più atti a dar consigli, che a maneggiar l'armi; ed i giovani educati nell'ozio, coltivavano al più quel genere di talento di cui natura gli avea dotati. E contro qual nemico doveva essa di nuovo impugnar l'armi? Contro una potenza formidabile, che avea più di sessanta milioni di sudditi, ed una rendita proporzionata agl'immensi suoi dominii in Europa, in Asia ed in Africa, mentre la Repubblica non aveva che poco più di tre milioni di sudditi. Non è dunque a stupire, se la prima sua campagna riuscì così sfortunata. Ma qual forza, qual valore, qual costanza non fece dal suo seno ripullulare la necessità di una nuova guerra? Essa ben dimostrò al mondo tutto, che se gli animi de' suoi cittadini erano in apparenza languidi e freddi, non erano però instupiditi nè annientati i sensi dell'antico valore, dell'antica generosità, dell'antico patriottico zelo. Anzi si può dire, che tutto ciò che fu altamente ammirato ne' più bei tempi di Grecia, di Roma, di Venezia stessa, non è per nulla paragonabile a quanto fu operato in questa guerra: guerra per lunghezza di tempo, per isforzo d'armi, per singolarità di eventi memorabilissima in tutt'i secoli, in tutte le storie, e nelle opinioni di tutti gli uomini: guerra propriamente di Giganti, in cui ogni Veneto Comandante apparve un eroe, ogni battaglia una vittoria per la Repubblica; e nella quale una sola città assediata seppe, con esempio unico, resistere per lo spazio all'incirca di 25 anni, senza aver armate da opporre ad armate, e non contando per sola interna difesa, che una guarnigione di otto mila uomini appena, mentre veniva attaccata da più di cento mila combattenti, che sembravano moltiplicarsi morendo: guerra infine, che, a volerla circostanziare, empirebbe non pochi volumi. Diamo nondimeno qualche idea sopra i mezzi adoperati per la difesa interna della Capitale di Candia.

Di parte e d'altra fu immenso lo sforzo per acquistare e sostenere questa Piazza. Qual lavoro inesausto per iscavare il terreno, gli uni per far giuocar le mine, gli altri per impedirne l'azione, mediante le contromine! I Turchi venivano sempre rinforzati; ma inenarrabile fu la perseveranza, la virtù, l'abbandono totale di sè medesimi alla madrepatria, così de' Veneti, come de' Candiotti, che pur non potevano ricevere se non rarissimi e debolissimi soccorsi! Tutte le classi, le età, i sessi, erano ad un sol livello. Miserando spettacolo era il vedere l'agricoltore abbandonar l'aratro e la falce, l'artista i suoi strumenti, le donne stesse la conocchia ed il fuso, e perfino il Vescovo il suo pastorale, ed il general comandante lo stocco, per impugnar la zappa, e bagnar il terreno di inusitati sudori! Da ciò appunto derivarono que' terribili combattimenti sotterranei, ne' quali, come dice il nostro benemerito concittadino Carlo Marini nella sua eruditissima Storia del Commercio Veneto, concorsero a gara, per la distruzione degli uomini, il cannone, il ferro, ed ancor più la zappa. Nel solo primo attacco de' Turchi, i nostri fecero con tanta certezza agir le mine, che il nemico vi perdette più di venti mila uomini; gli altri fuggirono. Rinnovellaronsi gli attacchi ben cento e cento volte, sempre con eguale riuscita; e tale si fu il furor degli assalitori, tale il valor de' difensori, che malgrado la grandissima disparità del numero, potevasi credere, che questo spaventevole assedio non avrebbe avuto fine giammai.

Detto ciò alla sfuggita, sarebbe assai dolce cosa per me il poter qui narrare tutte le battaglie navali, e le magnanime imprese, che, durante questo lunghissimo assedio, illustrarono di nuova gloria la mia patria; ma ci vorrebbe il gran coraggio a scrivere con tutte le circostanze necessarie questo grande avvenimento! E ciò tanto più difficile sarebbe, quanto che le valorose azioni de' nostri concittadini, particolarmente nella guerra di Candia, si trovano da tanti e sì variamente descritte, che per ritrarne il vero, converrebbe cercarle ne' documenti, e nelle onorifiche pergamene delle famiglie; poichè in Venezia questa dedizione totale alla patria, così esattamente imitavasi dai figli e dai nipoti, ch'essa era il mezzo, con cui più particolarmente si perpetuava la fama delle imprese loro, e la venerazione inverso que' nomi illustri. Ora poichè non v'è più luogo a rinnovarsi quest'ammirabile abbandono, poichè non v'è più da segnalarsi a gloria di essa, poichè regna un tale miscuglio di nomi da non poter più discernere gli uni dagli altri, avrei almeno amato di consecrar qualche pagina a porre in luce alcune delle più ammirande geste degli antenati nostri, onde tutto non venisse postergato, come se mai stato non fosse, e que' rispettabili nomi non rimanessero sepolti ne' polverosi archivii, o profanati nelle moderne storie spesso fallaci ed appassionate. Se non che anche per questo; la penna trema nella mia mano, riflettendo essere stata preceduta da un Poema, non ha molto pubblicato, nel quale vi si celebrano precisamente queste medesime azioni, questi medesimi eroi con versi sublimi, patetici, commoventi, e caldi d'amor patrio, pei quali il rarissimo e difficil nome di Poeta non andrà mai disgiunto da quello del suo giovane autore. Chi v'ha, che non intenda subito di qual libro e di qual uomo io parli? O la mia Marina Benzon! o la più tenera delle madri! fu solo per risparmiare la tua squisita sensibilità, che non volli nominare quest'unico figlio, che dovea essere la tua gioja, la tua consolazione; ma poichè tu certamente prima di tutti gli altri l'hai riconosciuto, perdona le poche parole, che quasi inspirate da un genio mi uscirono dalle labbra; accettale col tuo angelico cuore come una prova di quell'amicizia sincerissima che a te mi lega, e come un omaggio a quell'ombra illustre; accordami tu in sua vece, la permissione di prendere dalla sua tavolozza alcuni colori, per poter almeno abbozzare i lineamenti de' nostri più famosi concittadini.

Non si potrebbe passar sotto silenzio un tratto veramente patriotico del Doge Francesco Erizzo. Insospettito il Senato, che una specie di rivalità fra' comandanti, avesse apportato danno alla prima campagna, riconobbe la necessità di eleggere un nuovo Capitano generale che avesse un potere quasi assoluto, onde togliere i semi di quell'ambizione mal intesa, che ripone la gloria più nell'ottenere co' maneggi un comando senza avere attitudine per sostenerlo, che nel ben servire la patria in qual si sia posto. Ma l'accordare un'autorità così estesa, meritava il più grave esame sopra la scelta da farsi. Si venne alle ballottazioni. Pressochè tutti i voti si unirono in favore del Doge Francesco Erizzo, bench'egli fosse stato uno de' più grandi sostenitori del doversi tenere disarmati. Ma a quel momento non eravi più a deliberare, e conveniva fare ogni sforzo per non sottostare all'ultimo eccidio. Conoscevasi il suo zelo patriottico. Salito alla suprema dignità per ogni grado cospicuo della Repubblica, avea dato prove di molta sapienza anche nel comando delle armi. Unanimamente venne egli pregato di non voler ricusare la sua opera in tanto bisogno, e di condiscendere a portarsi in Candia alla testa delle armate. Il venerabile ottuagenario fu vivamente commosso a tanto invito, e l'ardente amor di patria ringiovanì la sua canizie. Da quell'istante dimenticò sè stesso per dedicarsi interamente alla buona riuscita dell'impresa. Ma le forze del corpo mal corrisposero a quelle dell'animo; i pensieri, le cure, le fatiche per la partenza lo affievolirono in modo, ch'egli dovette soccombere quando appunto era per porsi alla vela. Non è per ciò men degno, che il suo nome passi onorato alla più tarda posterità.

Dall'Erizzo si può dir che comincia la lunga lista dei tanti comandanti ed ufficiali di ogni grado, che si sono distinti in questa guerra. Tra loro convien mettere in principalità quel Tommaso Morosini, le cui imprese luminose furono celebrate da tutti gli storici, oratori e poeti, e che furono anche, a ricordanza nostra, cantate ne' trivii da un popolo, che sapeva apprezzare la virtù. Sin da quando era semplice ufficiale diede grandi prove di coraggio e di valore. Eletto capitano delle navi, formò l'ardito disegno di andare, colla sua divisione di 24 vele, a chiudere lo Stretto de' Dardanelli, sperando, se gli venivano rinforzi, non solo d'intercettare l'uscita della flotta ottomana, ma di rendere i Veneziani padroni dell'Arcipelago, d'impedire ai Turchi di recar soccorsi alla Canea, e probabilmente di ricuperarla, sia per la forza degli esterni assalti, sia per la mancanza di viveri al di dentro. Questo piano approvato, si mise egli tosto alla vela; giunse ai Dardanelli, dispose le sue forze per ben chiudere lo Stretto; ed in questo ei riuscì per modo, che nemmen le minaccie d'Ibraimo valsero a far sì, che la sua flotta uscisse. Ma, mancante il Morosini dei soccorsi promessi, fu costretto a distaccare alcune navi per procacciare nuove provvigioni. Il capitan Bassà colse il punto, e col favor della correntia e del vento, uscì dal canale accompagnato da settantasei galere e cinque maone. Il Morosini altro far non potè colle sue piccole forze, che cannonar il nemico nel passaggio; anzi con sei navi si cacciò nel più folto dell'armata nemica, e per sette ore continue tanto la fulminò da costringerla a portarsi all'isola d'Imbro, invece che a Tenedo come voleva, e quivi porsi a riparare gl'immensi danni sofferti. Ma ciò che più del resto onora la sua memoria si fu, che avendo saputo essere fuggita una flotta turca per evitar l'incontro della veneta, egli si diè ad inseguirla, e la costrinse a rendersi a discrezione, facendovi molti prigionieri, fra' quali Mehemet Agà, fratello del vicere. Poscia un colpo di vento separò il suo vascello dagli altri, e lo gettò sulle coste di Negroponte. Il capitan Bassà che trovavasi in quelle acque, forte di 45 galere, ebbe la bassezza di ordinare a tutta la sua divisione di circuire il Morosini. Questi non si disanima; si appresta al combattimento, ed incoraggia col suo esempio tutto l'equipaggio. Il nemico lo attacca; ed egli risponde da tutt'i lati con un gran fuoco di artiglieria, che fa strage de' Turchi. Molte galere affondansi, e già tutte cominciano a ripiegare. Il capitano Bassà, fremente per vergogna e per rabbia, minaccia terribilmente i suoi marinaj, punisce colla morte i più restii, ed ordina, che si abbordi il legno veneto. Immediatamente più di duecento Turchi vi saltan dentro, ma la maggior parte vi trova la morte. Altri li rimpiazzano subito. Dove il pericolo è maggiore, ivi è il Morosini. Invano viene scongiurato a ritirarsi, almeno sino a tanto che giungano i rinforzi che già vedevansi avvicinare. Egli è sordo ad ogni preghiera, ad ogni consiglio. Alla buona nuova recatagli, rianima i suoi, che fanno prodigii di valore. Pure nulla v'ha che resister possa al destino; un colpo di moschetto lo distende a terra morto. La vista di sì illustre vittima, lungi dall'avvilire i soldati, risveglia in tutti la più ardente brama di vendetta; il combattimento divien più accanito che mai. I Turchi sul bordo fanno giuocar da ogni parte le loro affilate sciable; ed i nostri tuttavia li rispingono, e ne fanno un orribile macello; intanto l'artiglieria prosegue sempre il suo fuoco infernale; essa slancia via la testa del capitan Bassà, e di varii altri capi; abbrucia una galera, ne getta a fondo due; le altre, perforate da ogni parte, sono nella massima confusione. Giungono finalmente le quattro galere venete, che si erano vedute da lungi; liberano il vascello del Morosini, e fanno prigionieri tutti que' ch'erano ancor vivi. Il nemico ad altro ormai più non pensa, che ad allontanarsi precipitosamente, e tenta, col mezzo de' rimurchi, di strascinar il rimasuglio delle galere a Negroponte; ma la maggior parte sono così danneggiate, che si affondano per viaggio. Questo memorabile combattimento durò per sei ore. Tutti concorsero unanimi ad accordar il merito della vittoria a Tommaso Morosini. Tosto che si potè, si pensò a celebrargli magnifici funerali, a' quali vollero assistere quanti ufficiali nelle occasioni passate avevano servito sotto di lui: tanto era grande l'amore e la venerazione verso quest'insigne uomo. Allorchè la nuova dell'azione sorprendente del Morosini giunse a Costantinopoli, nessuno sapeva persuadersi, che un sol vascello avesse potuto riuscir vittorioso contro 45 galere. Gridavasi al tradimento, sparlavasi del Divano per l'ingiustizia di questa guerra, e qualche principio spiegavasi di sollevazione. A Venezia si pensò subito a ricompensare la famiglia Morosini, non che quelle de' suoi compagni di sventura e di gloria. Ma allora quando vi giunsero le mortali sue spoglie, tutta la città fu in lutto, ed ogni classe di cittadini volle assistere alle sue esequie. Uno de' nostri principali oratori compose l'orazione funebre, nella quale si esposero le sue gesta gloriose; nè si lasciò di paragonarlo al romano Orazio Coclite; forse solo del nostro eroe più famoso, per le penne illustri che lo esaltarono, e per l'esito ben più importante derivato dal personal coraggio, comune ad entrambi; poich'egli ottenne di salvare la patria minacciata di esser presa a viva forza, laddove il Morosini influì soltanto ad una gran vittoria, che si confuse poscia, per così dire, colle tante altre riportate dai nostri concittadini. Orazio sopravvivendo ricevè lodi, ricompense, e perfino l'onore di una statua nel tempio di Vulcano; il Morosini, estinto nell'azione, ebbe il compianto di tutti i cittadini, e la brama in tutti di divulgar la sua ben meritata fama: quella fama, che muta in secoli gli anni accorciati per servire la patria. Venne poscia sepolto nella chiesa dell'isola di S. Clemente; e sopra la sua sepoltura vi fu posta un'iscrizione latina, che puossi leggere anche oggidì. Io ad essa sostituisco pochi versi del nostro giovane poeta sopra citato:

"………Perchè non posso

Scender con santa man nell'ombra arcana

Del tuo sepolcro, e nel tuo nobil teschio

Toccar la piaga delle tempie infrante

Da saetta infernal, quando recasti

Sotto il lido d'Eubea guerra a cinquanta

Con un solo naviglio, estremo ardire!

Nè di resister sol, ma del conflitto

La palma avesti, e del nemico duce,

Che precorse la tua colla sua morte,

E di mille de' suoi. Meraviglioso

Esempio di valor, ma più stupenda

La stirpe di coloro, appo cui rare

Queste rare non son stupende gesta."

Il capitan generale Giambattista Grimani fu quegli, che avendo inteso il rimbombo del cannone, erasi staccato dalla flotta col suo vascello e quattro galere in soccorso del Morosini. Dopo il fatto riordinò la sua flotta, e dividendola in più corpi, assegnò a ciascuno la sua porzione, e ritenne per sè ventiquattro galere, quattordici vascelli e tre galeazze. Diresse il suo viaggio verso Negroponte, dove trovavasi il nuovo capitan Bascià con cinquanta galere, dodici vascelli barbareschi e molte saiche. Appena questi seppe l'arrivo del Grimani, che se ne fugge a volo. Il Grimani lo insegue, e gli prende varie saiche; l'altro si ritira verso l'isola di Scio; il nostro lo raggiunge al momento ch'era per entrare nel porto, e fa sopra la flotta turca un fuoco terribile, onde il nemico spaventato, abbassa tutti gli alberi delle navi, si nasconde dietro il molo, ed impedisce così ai nostri di potergli nuocere. Di fatti, conosciutane l'impossibilità, il Grimani desiste sul momento; ma come seppe, che il Bassà erasi avviato con quaranta galere e trenta saiche verso il porto di Cismè, lo insegue, lo attacca, gli prende d'assalto un forte appena appena costruito, ed in mezzo ad una tempesta di palle di cannone s'impadronisce di 25 saiche cariche di grani, e di ogni genere di provvisioni. Il Bassà vergognoso, arrabbiato di questa perdita, giura vendetta, e sfida i nostri a battaglia. Il Grimani l'accetta, e con una scarica generale della sua artiglieria, costringe sul momento stesso quel millantatore alla fuga, il quale perdè molte altre saiche che i nostri acquistarono. Il Grimani, senza frappor dimora, incalza il Bassà, che sen fugge di nuovo. Alla breve: tutte le volte, che il Grimani, benchè con forze tanto inferiori, tentò di venire ad un combattimento decisivo, il capitan Bassà l'evitò sempre; sì gran fama godeva il nostro comandante, e tanto erano gravi i danni che recava ai nemici in ogni incontro! Arrivato l'inverno, i Turchi rientrarono in Costantinopoli. Il Grimani percorse le isole dell'Arcipelago, mise a contribuzione la maggior parte di quelle che appartenevano ai Turchi, indi recossi in Candia. Durante la rigida stagione, applicossi a racconciar i bastimenti e ad allestire un'armata capace a ben corrispondere ai suoi vasti disegni. Pensava egli di portarsi ai Dardanelli, ed impedir l'uscita ai nemici, mentre Candia potrebbe da Venezia venir soccorsa, come aspettavasi, con nuovi rinforzi. Che se poi fosse avvenuto ai Turchi di uscire, egli meditava di costringerli a battaglia; e conoscitor com'era del valore de' suoi, promettevasi una vittoria atta ad abbassar l'altrui orgoglio, e terminar forse una guerra con sempre maggior lustro della patria. Con pensieri così elevati, e con un'anima ardentissima, come poteva egli tollerare l'inazione per un intero inverno? Difatti, appena giunse il mese di marzo, che uscì in mare con tutta la sua squadra. Una parte ne assegnò per assister Candia, un'altra per togliere i soccorsi alla Canea, ed egli con 27 vascelli, 24 galere e cinque galeazze, s'avviò verso i Dardanelli. Ma nella notte dei 17 marzo, scoppiò una fierissima burrasca accompagnata da tutti gli orrori delle tenebre, de' venti e dell'onde infuriate. Ben presto sconficcati i timoni, rotte le funi, spezzate le ancore, andavano vaganti sull'onde e navi e galee, urtandosi fra loro, rompendosi negli scogli, ed investendo nelle maremme. Nell'oscurità e nel rumore confondevansi le voci del comando colle strida della disperazione. Soldati e marinai cercavano scampo fra i maggiori pericoli; chi gettavasi in mare, chi ne' palischermi già zeppi di gente; i più infelici eran quelli che dalle onde battuti a terra, venivano fracassati fra i sassi e le navi. La galera del comandante, ridotta anch'essa come le altre, errò per qualche tempo sull'onde, talor gettata a terra, indi respinta in mare; ma poi un colpo di vento la squarciò, e tutti si sommersero. Al comparir del giorno, quale tragica scena si aperse!

Il mare coperto era di cadaveri e di legni infranti; la spiaggia piena di morti o semivivi, quali spaventati dal pericolo, quali ansanti dalla fame e dalla sete, quali intirizziti dal freddo. Tutti lagrimavano per sè stessi, scordandosi affatto de' loro parenti ed amici, e delle loro sostanze naufragate… Dieciotto galere e nove vascelli si erano sommersi; il piccolo rimasuglio avea gran bisogno di racconcio. I Turchi in Costantinopoli non arrossirono, tanto erano avviliti, di celebrare con una sfrenata gioja quest'avvenimento, come se riportato avessero una gran vittoria. Venezia se ne afflisse, particolarmente per avervi perduto un capitano di coraggio insigne, d'immaginazione fervidissima, di prontissima esecuzione, ed anche di eloquenza seducentissima. Quanto al resto, il vero patriottismo ben presto riparò a tutt'i danni cagionati dagli elementi, a' quali non si comanda.

Luigi Leonardo Mocenigo fu sostituito all'infelice Grimani. Era egli allora di età matura, di aspetto venerabile, integerrimo negl'impieghi, e di tal talento, che ciò che la sua mente immaginava, sapea col comando far a puntino eseguire. Fu egli per ciò riputato abile e degno di passare in brevissimo tempo dal carico di provveditor d'armata a quello di general delle isole, indi a quello di mare, e senza intervallo al comando supremo di tutte le armate. Giunto in Candia, vi trovò i miseri avanzi della flotta sommersa, che stavano ad acconciarsi, ed anche alcune navi venute di fresco. Mentre gli conveniva fermarsi, migliorò le fortificazioni esteriori, rassettò le già fatte, e ne aggiunse altre ancora. Il capitan Bassà non cessava di disturbare in tutt'i modi questi lavori; ogni giorno v'erano scaramuccie. Avvenne, che colui cadde ammalato; non fidandosi de' proprii medici, fec'egli pregare il nostro comandante di mandargli il suo. Mocenigo non esita punto; glielo accorda in sul fatto, ed anzi raccomanda al medico, che si prenda ogni cura della salute del Turco, il quale infatti risana. Questo tratto di filantropia onora lo spirito militare; le virtù amabili non dovrebbero andar giammai disgiunte dal valor marziale; esse sono quelle che caratterizzano i veri eroi. Che tale si fosse il Mocenigo non v'ha dubbio. Ecco un gran tratto di coraggio. Malgrado tutti gli sforzi de' Veneziani, era riuscito ai Turchi di aprire una trinciera, e gli attacchi sopra Candia si succedevano senza posa. Il Mocenigo avea l'occhio a tutto, e pareva essere nel tempo stesso e in terra e in mare. In un assalto generale accadde, che pigliò fuoco ad alcuni barili di polvere nella città. Lo scoppio fu sì grande che tutti credettero essere l'effetto di qualche mina, e che altre ne dovessero scoppiare. Lo spavento diviene sì generale, che assedianti ed assediati prendono la fuga. Un officiale della piazza incontrando il nostro capitan generale, lo scongiura d'imbarcarsi subito; poichè, diceva, tutto è perduto. Il Mocenigo avvampante di collera, lo rimprovera fieramente di viltà, indi volto verso i suoi soldati, disse loro con altissima voce: moriamo, moriamo per la patria; chi ha cuore mi segua, ciò detto, balza sul bastione. A tanto esempio, e soldati, e marinaj, il popolo tutto, le donne stesse co' sassi, lo seguono con ardor passionato, e fanno sì gran macello de' Turchi, che 'l terreno e le fosse sono piene zeppe di cadaveri. Il capitan Bassà, dopo avervi perduto più di venti mila uomini, si ritira da quella piazza, che aveva fermamente assediata per sei mesi continui. L'anno dopo rinnovò egli i medesimi tentativi, ma riusciti egualmente vani, ricorse alla seduzione, invitando con lettere e promesse que' popoli e soldati alla resa; e neppur così nulla ottenne. Volle da ultimo provare altro mezzo ancora; e fu di scrivere al capitan generale offrendogli il Bassallaggio di Gerusalemme con premii, se volesse consegnargli la piazza. Il Mocenigo gli rispose, ch'esso piuttosto acquisterebbe somma gloria, se abbracciando la vera Religione, rimettesse ai legittimi possessori le cose prese, e si ritirasse dal volerne usurpar di nuove. Cessarono i complimenti, e più che mai feroci divennero gli attacchi, e validissime le difese.

Allorchè al capitan generale parve di non compromettere la sicurezza di Candia coll'allontanarsene, andò con ventisette navi, ventiquattro galere e sei galeazze verso Cerigo, sito opportuno per incontrare i soccorsi, che da Venezia attendeva. Ben presto scoperse una nave nemica, indi gli parve di vedere un'intera armata. Ordina tosto a Girolamo Battaglia di andare con quattro navi a riconoscere le forze del nemico. Il Battaglia lo vede da lungi, gli si fa incontro, e penetra col massimo ardire fra le linee de' Turchi. Questi lo circondano con un gran numero di vascelli. Il Battaglia, lungi dal fuggire, fa un fuoco infernale d'ambi i suoi bordi, passa e ripassa più volte in mezzo ai nemici, li fulmina colla sua artiglieria, disalbera molti de' lor vascelli, uccide un gran numero di soldati ed ufficiali, e lo stesso Bassà di Natolia. Dopo questa corsa gloriosa, ritornò presso il comandante, e gli riferì, essere la flotta nemica assai superiore alla Veneta, mentre quella era composta di 64 galere, 24 navi, 6 maone, e moltissime saiche, con altre 16 navi barbaresche; però tutte comandate da uomini senza cuore. Esservi nondimeno un perfido Veneziano rinegato, il quale, avendo insegnato ai Turchi l'arte di costruir vascelli da 40 a 60 cannoni, ottenuto avea in premio di comandar tutti quelli ch'erano stati fabbricati sotto la sua direzione; e che non potendo egli sperare nè salvezza, nè scampo che dalla vittoria, era ben presumibile, che si sarebbe battuto da disperato. Il Mocenigo, certissimo di essere secondato da' suoi, volle andar immediatamente ad incontrar il nemico. Le due armate si trovarono a fronte a Trio sopra Paro. Terribile fu il combattimento, orrenda la strage, inaudito il coraggio, ed incerta per qualche tempo la vittoria. Se i nostri fecero mostra di un valor prodigioso, non si portarono men bene le truppe agguerrite ed i scelti ufficiali turchi nel secondare il capitan Bassà. Finalmente il fuoco benissimo diretto dai Veneti contro la reale de' nemici, le fece balzar in aria la poppa, ammazzò parte dell'equipaggio, ne ferì una parte maggiore, ed in essa lo stesso Bassà, che addolorato ed atterrito gridava soccorso, ed a grande stento fu tratto fuor della mischia co' remurchi delle sue galee. A tal vista tutta la flotta turca volge le prore e sen fugge. I Veneti la inseguono; raggiungono alcune galee, se ne impadroniscono, e frattanto il comandante Veneto si slancia con tal furore contro uno de' principali vascelli, che in poco d'ora lo sottomette; taglia a pezzi ottanta combattenti, e tutti gli altri col loro capitano sono fatti prigionieri. I Turchi, datisi alla disperazione, incendiano alcuni legni, perchè non vengano presi; pure i Veneti ne acquistano alcuni, fra' quali quello dell'Almirante, vascello proprio del Gran Visir; ad altri danno fuoco. Ma non con ciò finì il combattimento, che anzi divenne ancora più duro e terribile, rimanendovi il rinnegato veneto, che preso aveva il nome di Mustafà. Non è a dirsi con qual ardimento egli si battesse; ma con altrettanto furore i nostri gli si opposero; finchè giunsero ad abbordar la sua nave. Fra l'uccisione di molti Turchi, ebbero il piacere di far prigioniero il perfido Mustafà, a cui fu in allora lasciata la vita, perchè i traditori non meritano che una morte onorevole copra l'infamia del loro delitto. La maggior parte anche di questa flotta venne conquistata; il restante prese la fuga, cercando di salvarsi nell'isola di Nixia. Giuseppe Morosini la insegue; ne prende una porzione, l'altra è costretta a capitolare. Il capitan generale condusse a Candia tutte queste diverse prede; fece, secondo l'uso, la distribuzione del bottino, che fu immenso, perchè i Turchi solevano portar seco tutte le loro ricchezze; indi mandò a Venezia, come monumenti della sua vittoria, tre de' migliori vascelli ottomani, con sessanta cannoni di bronzo ciascuno, che poscia armati servirono ai nostri con molto maggior frutto, che non avean fatto a chi li avea fabbricati. Spedì pur anche molte insegne de' comandanti nemici, fra le quali la coda di cavallo, che n'era la principale. V'imbarcò più prigionieri, ed anche il perfido Mustafà, che incatenato giunse a Venezia ad espiare la giusta pena del suo infame tradimento. — Il Senato avea ben ragione d'infranger la legge, che non permetteva ad un cittadino di esercitare uno stesso ufficio, oltre il termine prescritto. Il Mocenigo era stato più volte confermato nel comando delle flotte, benchè avesse egli chiesto sovente il congedo. Finalmente il timore di dare un esempio troppo pericoloso, fece sacrificare l'interesse del momento, e gli fu dato un successore. Ma subito che fu possibile, venne rimesso nel comando. Giunto nell'Arcipelago, fu ricevuto da tutta l'armata col maggior trasporto di gioja. Venne egli informato, che il disegno del nemico era di andar a Rodi, e subito risolve di raggiungerlo e combatterlo. Si avanza sino a Nio; ma i Turchi con false mosse avevano tutti ingannati. Dopo aver recati importanti soccorsi alle armate sotto Candia, erano rientrati in Costantinopoli. A tali notizie, il Mocenigo si afflisse a segno che s'indebolirono le sue forze, e cadde ammalato. Venne trasportato in Candia, dove finì di vivere più di dolore, che di vecchiezza. Le sue virtù, i suoi talenti superarono l'invidia stessa, e perfino ogni sentimento di vendetta; poichè si videro gli stessi barbari dar segni di venerazione per lui alla nuova della sua morte. Tutti i Bey condussero le loro navi sotto Candia, paviglionandole a lutto, e strascinando sull'acque le bandiere nere; e parimente le truppe terrestri spiegarono le insegne di lutto. E qual dolor non fu quello de' Veneziani, ricevendo in prima la nuova della sua morte, indi le sue triste spoglie! Il solo conforto si fu, ch'egli avea lasciato sulla flotta uno de' suoi nipoti, Luigi Mocenigo, che avea ormai, con valor sorprendente, superato un forte considerabilissimo, e fatto gran macello de' nemici. Ben a ragione il nostro poeta disse di questa famiglia:

"Nome famoso e conto ovunque il sangue

Per la patria versato onor riceve,

Mocenigo! Risuona in questo il nome

Di molti prodi………"

I suoi nipoti ed eredi vollero unanimi innalzare un monumento, che onorasse sì grand'uomo, e che insieme fosse di nuovo lustro alla città. Essendo egli stato uno de' benemeriti governatori dell'ospitale de' Mendicanti, scelsero a tal uopo quella Chiesa, ed ottenutone un assenso pienissimo dalla congregazione che presiedea al pio luogo, si venne alle consultazioni, al concorso de' disegni e de' modelli. Il monumento riuscì quale dovrebbero sempre essere quelli degli eroi, cioè scevri da tutto ciò che risveglia immagini sinistre ed atte ad incuter terrore della morte, e fin anco da certe figure marmoree, che sembrano commissionate dai parenti a piangere in lor vece i trapassati. Essi devono offrire oggetti che presentino l'idea dell'immortalità tanto a noi dolce e lusinghiera, che inspirino sentimenti patriottici, esempii di senno sublime, di raro valore, e che, destando somma venerazione verso quegl'illustri defunti, servano al tempo stesso di mallevadori, che le loro onorate reliquie saranno sempre gelosamente custodite e preservate. Da per tutto dove i monumenti richiamano la rimembranza di celebri antenati, hassi più rispetto alle leggi, conservansi più religiosamente le tradizioni nazionali, ed amasi più ardentemente la patria. Il deposito di Luigi Leonardo Mocenigo non può al certo mancare di ottenere il suo effetto. Egli occupa così in altezza, che in larghezza le due facciate esterna ed interna della Chiesa. Tutto è di marmi pregevolissimi, ed in particolare le colonne sono magnifiche. L'architettura è di diversi ordini. Nella facciata esterna, oltre le nicchie, contenenti belle statue di marmo, si leggono in alcuni comparti molte latine inscrizioni, esprimenti le imprese più memorabili del generale, e che furono, o diconsi, trasportate da parecchi luoghi di Candia. Nell'interna facciata sta nel mezzo la statua dell'eroe di grandezza naturale; e di parte e d'altra in due gran bassi rilievi rappresentansi le due sue azioni più luminose. L'una è quella di Candia dopo lo scoppio della polvere; l'altra la gran vittoria di Paris. Confrontando la storia colla scoltura si riconoscono tosto. L'ampiezza della mole, e le immense somme che deve aver costato, sono una novella prova della magnificenza de' Veneziani, ed in particolare della ricchezza della casa

Mocenigo, e di quella grandezza, generosità, e amor di famiglia, che sono in essa qualità ereditarie. Non è possibile arrestarsi innanzi al suntuoso mausoleo, senza riflettere alle vicissitudini delle cose umane. Se il celebre defunto ritornasse adesso al mondo, proverebbe al certo un vivo senso di gioja nel rivedere dischiuso ai divini uffizii ed al pubblico culto quel Tempio, ove restò lungamente inonorata la sua tomba.

Avrei forse dovuto cominciar quest'illustre catalogo dei Veneti eroi, dal celebre Jacopo Riva, che sin dal 1643, cioè due anni prima di questa guerra, avea dato prove luminose di sommo coraggio. Eletto provveditore straordinario a Tine, vi si recava con due vascelli carichi di ricche merci, allorchè s'incontrò con molte navi barbaresche, che lo attaccarono; ed egli si difese per modo da salvar il suo carico, e porre in fuga gli assalitori. Due anni dopo, in mezzo a mille pericoli, recò in Candia poderosi soccorsi. Un'altra volta, con due galere e due vascelli, cagionò grandissima rovina ai lavori de' Turchi nell'assedio di Candia. Ma ciò che lo rendette veramente famoso, furono le azioni come provveditor d'armata. Nel 1648, venne egli spedito con 19 vascelli a bloccare lo stretto de' Dardanelli. Vi si tenne fermo tutto l'inverno, lottando sempre contro il furor de' venti, l'intemperie della stagione, l'ardor della sete, gli stimoli della fame; e giunse ad impedire l'uscita ai nemici, e l'entrata a' viveri, e alle merci con grave incomodo della città. Ma poscia fu necessitato di staccare alcune navi per gl'imperiosi bisogni della squadra. Il capitan Bassà avvedutosene, coglie il punto, ed esce dallo stretto con una flotta di 38 vascelli, di 20 a 30 galere, ed altri bastimenti, che portavano dieci mila soldati, e la cassa militare. Il Riva, dolentissimo che gli fosse sfuggito ad un tratto il cimento e la gloria, unisce quante più navi può, e, benchè con enorme disavvantaggio di forze, si risolve di tagliar immediatamente le gomene, di fare una scarica generale sopra il nemico e vivamente incalzarlo. Il rimbombo del cannone richiama anche gli altri suoi bastimenti, e uniti giungono alla rada delle Focchie sulle coste della Natolìa. Il nemico era già entrato nel porto con tutta la sua flotta. Il Riva raccoglie tutt'i suoi capitani, propone di forzar il porto, e d'incendiare la flotta turca. Quale grandezza in questo piano! Qual coraggio in ognuno de' capi, e nella truppa per concorrere col più vivo ardore a tale impresa! Se Temistocle lo avesse immaginato eguale, Aristide lo avrebbe certo approvato. Quello del Riva era fondato sul valore; quello di Temistocle sul secreto. L'uno è azione sublime, l'altro un vile tradimento. Il popolo antico lo ricusò fermamente, conoscendolo ingiusto; il popolo moderno vi concorre spontaneo malgrado tutt'i pericoli, perchè è sicuro di trovarvi la gloria. Ammirasi nell'uno e nell'altro caso questi tratti eroici delle due nazioni. Immediatamente a vele gonfie s'inoltrano nel porto, passano in mezzo alle file nemiche, e da ambi i lati scaricano sovra esse una tempesta di palle; quelli rispondono, ed i castelli pure fanno un fuoco terribile sulla squadra Veneta; questa smonta tutte quelle batterie, e passa cannonando fra le navi ottomane. Dal fumo si oscura il giorno; pel rimbombo squarciasi l'aria; il crepito de' legni infranti, le grida del terrore, la vista del sangue e della strage, tolgono ogni consiglio. I Turchi vogliono fuggire, ma rinculando le navi si fracassano le une colle altre; tutto è confusione e terrore. Il capitan Bassà si mostra pien di coraggio in mezzo a' suoi, e cerca colle minaccie e co' premii di forzarli ad andare all'abbordo de' legni Veneti; ma il fuoco di questi è sì formidabile, che, oltre i molti vascelli che vanno in fiamme, il Bassà stesso può a grande stento salvarsi. Marinai e soldati ad altro più non pensano che alla loro salvezza. La prossima terra fu ad essi di ajuto. Ben più miserabile fu la condizione degli schiavi, che cinti di catene non potevano fuggire, nè i Turchi certo si curavano allora di salvarli. Varii fra quelli cercarono di condur via le galere, e rendersi ai Veneziani, ma confusi nel fumo densissimo di quel grande incendio, erano prima arsi che conosciuti. Tutta la flotta ottomana sarebbe stata incenerita, se, cangiato il vento, non fosse insorto il pericolo, che le fiamme invadessero i nostri legni, onde il Riva fu costretto di ritirarsi dal porto. Recò nondimeno con sè nove vascelli, una galera e tre maone nemiche, fra le quali quella che conteneva il danaro. Quindici nave furono incendiate, molte fracassate, e le altre quasi tutte mal concie. Il mare ed il lido erano coperti di cadaveri, e di frantumi di legni. In una zuffa di due ore appena, più di sette mila Turchi perirono. I prigionieri e gli schiavi liberati furono in grandissimo numero. Dobbiamo noi creder tutto agli storici? Ci assicurano essi che dalla parte de' Veneti non vi furono che quindici morti e novanta feriti. Questo grande avvenimento ebbe luogo li 12 maggio 1649. Il mondo rimase stupefatto di una tale impresa, perchè a que' tempi non v'erano che i Veneziani, che avessero l'ardire di passare e ripassare in mezzo alle flotte nemiche. I Turchi stessi nol tentarono mai, ancorchè così forti, e dai loro imperatori minacciati di gravi punizioni se non isforzavano lo stretto, quand'era bloccato dalle altrui squadre. Non fu, che a' nostri tempi, che si vide ripetere un'impresa sì ardita e ammirabile. La nazione che l'ha eseguita è troppo generosa per non accordare ai Veneziani la gloria dell'anzianità. La Repubblica celebrò quest'insigne vittoria con atti religiosi e pubbliche feste. Essa mandò a que' prodi ricompense proporzionate. Decorò il Riva del titolo di cavaliere, e gli mandò in dono una superba collana d'oro. Ne fu egli riconoscentissimo; pure avrebbe piuttosto preferito, che fosse stato accettato un suo piano di guerra proposto al Senato colla voce di Jacopo Badoer. Consisteva questo in unire tutte le forze marittime per abbattere il centro dell'impero nemico. Già tutta la marinerìa conosceva benissimo quelle acque, nelle quali aveva le tante e tante volte impedito ai Turchi l'uscita. Con un vento favorevole potevasi a tutte vele passar lo stretto, scorrere velocemente il mare di Marmora, bombardar la città, incendiar l'Arsenale e tutta la flotta ancorata nel porto. Non v'era niente d'impossibile in questo piano; tutt'i capi n'erano appassionatissimi ed anelavano di ottenerne la permissione. Il Badoer non lasciò già di appoggiarlo con maschia eloquenza. Dipinse lo spavento del serraglio, del divano, della popolazione tutta, vedendo comparire que' medesimi vascelli, che poco prima distrutto avevano la loro formidabile armata. Fece anche vedere, che la conquista di quella gran capitale apporterebbe alla Repubblica assai più gloria ed utile, che non fu all'epoca famosa in cui il valore de' Veneti aveva reso questo medesimo impero retaggio de' Latini, e particolarmente della Repubblica. Disse....ma l'anno 1650 non era già più l'anno 1204, epoca questa delle grandi imprese. La maggior parte de' Senatori, riflettendo ch'era un arrischiar troppo con riuscita incerta, e che un accidente solo impreveduto poteva cagionar immenso danno, risolsero di ordinare al Riva, che impiegasse soltanto tutte le sue cure per vietare ai Turchi di uscire con nuova flotta da Costantinopoli. Egli in quel frattempo non erasi allontanato dalla fortezza delle Focchie, senza averla voluta sottomettere. Avendo poi risaputo, che a Smirne stavano in pronto per la partenza sedici vascelli inglesi carichi di munizioni di guerra, e varie reclute per soccorrere i Turchi, risolse di recarsi egli stesso colà, e fece in modo da dissuadere que' capitani da una impresa, che disonorava la loro nazione. Noi dobbiamo in ciò ammirare, e la nobiltà d'animo negli uni, ed il potere dell'eloquenza del nostro duce. Di là il Riva si avviò a Volo, dove apportò notabili danni ai Turchi, rovinando i forni e i loro magazzini di biscotto; e predò anche cinque vascelli, che ne caricavano per la Canea. In quello, gli giunse l'ordine di serrare i Dardanelli. Obbedì immediatamente; ma mentre faceva le sue disposizioni per il collocamento della squadra, un colpo di cannone lo stese morto sul momento. Il dolore s'impadronì di tutt'i cuori, e la confusione entrò in tutta la flotta. Pure non si neglesse di raccogliere quelle amate spoglie, che mandate a Venezia furono ricevute col più vivo senso di afflizione. Vennero celebrati i funerali colla massima pompa. Fu sepolto nella Chiesa de' Santi Gervasio e Protasio, e sopra la sua tomba furono incisi alcuni versi latini, che rammentano le eroiche sue geste.

Meriterebbe un apposito articolo, anche il capitan generale Foscolo, se non temessimo di allungarci di troppo, ed anche s'egli, durante questa guerra, avesse provata eguale fortuna nell'Arcipelago come in Dalmazia. Non posso però tacere dello straordinario valore dimostrato dal capitano Giuseppe Dolfin, in una commissione affidatagli appunto dal soprannominato Foscolo. Informato questi, che una flotta turca stava per uscir dallo stretto, nè potendo sperare di chiuderle il passo, se non venia il capitan generale Luigi Leonardo Mocenigo che aspettavasi con un rinforzo, a fine di disturbarla almeno e di ritardarne l'effetto, spedì il Dolfin con 16 vascelli, otto galere e 12 galeazze ai Dardanelli. Il Dolfin vi trovò in rada 32 navi barbaresche, che aspettavano di unirsi alla gran flotta turca, e tosto il pensiero gli nacque di attaccarle. Dispone la sua divisione, ordina che ogni vascello si leghi ad una galera, onde poter in caso di bisogno essere rimurchiato, ed intima, che quando la vanguardia turca si accingeva a passare, ognuno dovesse gettarvisi sopra. La mattina de' 16 luglio 1654, il capitan Bassà, favorito dal vento e dalla correntia, presentossi alla bocca dello stretto con 75 vascelli, tutti in bella ordinanza e protetti dalle truppe schierate in terra per far fuoco sopra chi osasse opporsi al loro passaggio. Il Dolfin ben conobbe l'immensa superiorità delle forze nemiche; pure tutto spera dal valore de' suoi, e dalla disposizione dell'armata. Sventuratamente dodici de' suoi vascelli, per non so qual equivoco, prevenendo il segnale convenuto, abbandonarono il loro posto, e furono dall'impeto della corrente trascinati colle loro galee ben lungi dagli altri. Il rimanente tenne fermo. Ma che mai potevano quattro vascelli contro tanti? Ogni capitano si battè con segnalata bravura. Ma il combattimento più terribile fu quello ch'ebbe a sostenere il Dolfin. Il suo vascello non avea che la galera che 'l proteggesse. Venne attaccato da quattro vascelli e due sultane, e fu circondato da ogni parte. Egli fa un fuoco sì tremendo e continuo sopra tutti, che per quanto il tentino, non possono mai venir all'abbordaggio. Ma la sua galera è danneggiata a segno di non poter più sostenersi sul mare. Egli riceve al suo bordo tutto l'equipaggio, indi la fa abbruciare. Ridotto al solo suo vascello, lungi dallo scoraggiarsi, incalza il fuoco a segno, che il nemico per non perire affatto si ritira. Egli avrebbe voluto inseguirlo, ma come poteva, se i fianchi del vascello erano tutti forati, sconficcato il timone, le antenne infrante, le vele lacerate, ed il fuoco appreso in molte parti e divampante? Vagava dunque per l'onde colla morte dinanzi o per incendio o per naufragio. Ma la sorte gli fu propizia, venendo spinto dalla corrente verso terra. Egli vi getta l'unica ancora, che gli rimaneva; ed invece di consolarsi della sua salvezza, ad altro non pensa, che a riconciare alla meglio il suo legno, per affrontar di nuovo il nemico. Non fa duopo il cercarlo. Lo vede già da lungi che si avvicina. Raccoglie allora tutto il suo equipaggio, e lo fa giurare di morir prima, che arrendersi. Tutti giurano, ed in oltre protestano, che in caso disperato darebbero fuoco alla polvere, prima che venir presi da' nemici. Allora il Dolfin fa levar l'ancora, e come avesse una gran flotta, anzichè un solo e sdruscito vascello, attacca con ardor sovrumano la capitana de' Turchi, ordina l'abbordaggio, fa un macello terribile di que' barbari, la sottomette, e v'innalza lo stendardo di S. Marco. Quattro navi Ottomane accorrono per liberarla; scaricano tutta la loro artiglieria sopra il vascello veneto; nondimeno riesce al Dolfin, prima di abbandonarlo, di disalberare il predato legno, e di levarvi l'insegna Veneta; poscia trascurato quello, con una intrepidezza sorprendente passa in mezzo ai nemici, li fulmina col cannone, e va a raggiungere la sua divisione. Allorchè i suoi lo videro da lungi, non potevano credere agli occhi proprii; tutti avendolo veduto in fiamme, lo avevano giudicato perduto. Li raggiunse al fine. Ma in quale stato li raggiunse mai? Le sue vele erano lenzuola e cenci; l'acqua da ogni parte del vascello si facea strada. Pure egli così ridotto, bruciati avea due vascelli nemici, mandato a fondo una maona, messe fuor di servigio cinque galere, traforato da parte a parte il vascello reale, ferito il capitan Bassà, uccisi più di tre mila Turchi, e dopo tutto ciò, osato avea di passar incolume in mezzo alla squadra ottomana. Non è esprimibile la gioja con cui fu ricevuto da tutta la sua divisione, e l'ammirazione eccitata in tutti i cuori per un coraggio che non venne meno in veruna di queste differenti occasioni, ognuna delle quali era stata pericolosissima. A Venezia si considerarono come leggiere le perdite sofferte in paragone di tanta gloria aggiunta alla Repubblica. Uno storico francese dichiarò, che l'azion del Dolfin fu senza esempio: ed è questo il maggior degli elogi.

Lorenzo Marcello, senatore illuminato, e di specchiato valor marziale, dopo molte prodi azioni operate in questa guerra, fu eletto nel 1656 capitan generale. Giunto in Candia, seppe che la flotta turca, composta di 168 vele, stava per uscir dallo Stretto. La sua non era che di 66 vele. Pure non esita punto di misurarsi col nemico, fidando particolarmente nell'intrepidezza e nel valore de' suoi. Tale infatti era l'ardore di ognuno per battersi, che Lazzaro Mocenigo tuttochè avesse terminata la carica di capitano, ed anche rinunziatala al successore, pregò il comandante generale, che lo lasciasse servire come semplice volontario. Il Marcello il compiacque, e tanto più volentieri, quanto che sapeva aver egli molto contribuito alla celebre vittoria di Nichsia, dove, malgrado ch'egli fosse ferito in un braccio e in una mano, continuò a pugnare con quel genio intrepido e marziale che lo rese famoso. Gli diede dunque il comando di un vascello, e tutti si recarono ai Dardanelli. Ivi il comandante schierò la flotta sulla lunghezza del canale, ed ordinò di porsi all'ancora. Frattanto il capitan Bassà diede il segnale. Presentossi egli allo Stretto, accompagnato da un rumor infernale di tamburi e di trombe, e dal rimbombo del cannone de' castelli, e delle nuovamente erette batterìe. Ajutato da un vento favorevole, uscì rapidissimamente. Tosto i Veneti, tagliate le gomene, piombano sulla flotta turca, la fulminano con un fuoco vivissimo e continuo, e mettono la confusione e lo spavento fra i Turchi. Questi vanno erranti per l'onde senza saper dove nè come; ormai ad altro non pensano che a salvarsi. Il generale Marcello erasi già impadronito della capitana di Rodi, e stava sul punto di sottommettere un altro grosso vascello, quando un colpo di cannone lo rovescia morto. Il suo tenente e nipote, sopprimendo ogni movimento del cuore e della natura, invece di gemere sull'estinto, getta il suo mantello sul corpo inanimato, affinchè la vista di tanto infortunio non indebolisca l'ardor de' soldati.

"............Oh del tuo nome

Degno Marcello ! Egli cader ti vide

Per la patria, cader sovra un'orrenda

Ruina di nemici, ed imitarti

Giurò nella virtute e nella morte:

Che non di fregi o di tesor, ma solo

Si contendea di gloria, e l'esser prode

Era in Veneto petto istinto allora".

Si proseguì dunque il combattimento con tutto il furore. I Turchi si avviliscono. Il capitan Bassà, vedendo la sua flotta quasi distrutta, si dà alla fuga con quattordici galee, facendo tutti gli sforzi per rientrare nello Stretto. Ignorava egli il maggior pericolo. Lazzaro Mocenigo, dopo una grande strage fatta de' Turchi e de' lor vascelli, s'era appostato in guisa, che nessun bastimento poteva entrar nel canale senza passargli dinanzi; e per poter più danneggiare, i suoi cannoni erano caricati a mitraglia.

Che non avrebbe mai fatto, se il suo vascello non fosse rimasto in secco? Quantunque ferito in un occhio, non cessò mai di fulminare il nemico, e fece tal rovina nella galera del capitan Bassà, ed in quelle del suo seguito, che a grande stento poterono rimurchiate rientrare nello Stretto. La ritirata del Bassà disperse tutto il resto della flotta. Ogni vascello scappava a gonfie vele; i nostri davan loro la caccia da ogni parte, e solo il sopraggiugner delle tenebre li fece arrestare. Il giorno dopo ben si conobbe quanto fosse grande la nostra vittoria. Molti legni ottomani erano stati, o inghiottiti dall'onde, o infranti contro terra. Sul mare galleggiavano i rottami ed i cadaveri. Ottantaquattro bastimenti caddero in mano de' Veneti. Essi trasportarono sui proprii l'avanzo de' loro equipaggi, e le munizioni di guerra. Quanto ai vascelli presi ritennero i migliori e bruciarono gli altri, siccome non più atti al ristauro. Infine di sì grande e formidabile armata puossi dire, che, tranne il capitan Bassà, che si salvò, come dicemmo, nello Stretto con quattordici galere, tutto il resto rimase distrutto o preso. La maggior parte degli storici assicurano, che nelle sei ore che durò l'azione, più di dieci mila Turchi perirono, cinque mila prigionieri si fecero, e più di cinque mila schiavi riebbero la libertà. Aggiungono, che i Veneziani non vi perdettero che due vascelli incendiati nel conflitto, i cui equipaggi però si salvarono. Quello di Lazzaro Mocenigo non potè più esser tratto dalla secca, perchè sì sconquassato com'era, lasciavasi a brani. Gli furono quindi tolti tutt'i cannoni, e gli attrezzi militari, e poscia fu dato in preda alle fiamme.

Quegli che tanta parte avea avuto in sì gran vittoria, Lazzaro Mocenigo, fu incaricato di recarne a Venezia la nuova. Strada facendo si abbattè in un vascello barbaresco, ed il fece sua preda. Lo trovò carico di ricchissime merci, e di una somma di danaro, che superava il valore di trecento mila ducati. Il rimbombo del cannone dalla parte del Canal Orfano (canale che da tanti secoli era in possesso di ricevere i nostri vascelli trionfatori) fu annunziatore di fauste notizie. Già tutti a quella volta si addrizzano, e veggono avanzare maestosa la capitana di Rodi, bella conquista del benemerito comandante Marcello, tutta paviglionata a festa, ornata d'insegne e spoglie turchesche, seguita da due grossi navigli, non che da quello predato per viaggio, e strascinante per l'acqua gli stendardi ottomani in segno di compiuta vittoria. Tutti allora: Vittoria! Vittoria, gridarono, e la gioja si diffuse per tutta la città. Quando Lazzaro Mocenigo scese sul molo, venne accerchiato dall'esultante moltitudine; e se i suoi parenti ed amici s'accorsero aver lui perduto un occhio, riguardarono quel danno come una marca gloriosa, e per ciò meno si rattristarono. Il Doge ed il Senato udite ch'ebbero le particolarità del fatto, e resone pubblico ringraziamento a Dio, pensarono a distribuire premii proporzionati al merito di tanti prodi. Sul momento stesso il Mocenigo fu creato cavaliere, ed il giorno dopo dal Maggior Consiglio eletto capitan generale delle flotte; posto nel quale egli poscia si distinse in modo da meritarsi il soprannome di terrore de' Turchi. I fratelli e nipoti del formidabile e glorioso Lorenzo Marcello ricevettero essi pure altre ricompense, e così gli ufficiali, soldati e marinaj. Vennero ordinate processioni, soccorsi pecuniari ai luoghi pii, e permesse le feste civili dopo terminate le religiose. Tra queste vi ebbero gli splendidi funerali del comandante Marcello, la cui spoglia mortale era stata portata a Venezia. Fu essa deposta a san Vitale nel monumento avito dopo la recita d'una Orazione funebre, ed altre cerimonie.

Giunse finalmente il momento di abbandonarsi alla letizia. Per molti giorni di seguito tutte le botteghe furono chiuse, ad altro non pensandosi che a gioire. Fra i varii divertimenti e spettacoli, si videro per le piazze e per le strade rappresentare certe azioni drammatiche con decorazioni ricchissime. I fuochi d'artificio scintillavano per ogni dove, la cui luce riflettendosi sull'acque produceva un effetto veramente magico. In fine v'ebbe lo spettacolo nazionale, la Regata. Il Governo conobbe da tutte queste dimostrazioni spontanee, che per soddisfare pienamente ai desiderii del popolo, e conservar il suo ardore per la continuazione di una guerra penosissima, sarebbe utile il perpetuare la memoria di questa insigne vittoria; perciò venne alla deliberazione di decretare, che il dì 26 giugno dedicato a' santi Giovanni e Paolo, nel quale seguì la battaglia, dovesse il Doge, la Signoria, e gli ambasciatori, montare nelle barche dorate, e recarsi ogni anno nella chiesa intitolata a que' santi, dove avesse a concorrere il clero colle principali confraternite, a fine di farvi, dopo la Messa solenne, una bella processione. Egli è anche probabile, che da principio si ripetesse in tal giorno qualcuno degli spettacoli nazionali; e a buon diritto; giacchè un popolo ricreato sovente, ed eccitato all'allegria, è più pronto a concorrere ai servigi della patria, che non è quello che lasciasi in preda alla melanconia ed alla noja.

Questo piccolo abbozzo delle imprese memorabili operate, anche in questa sola guerra, dai nostri illustri antenati, animerà, spero, qualche penna a far conoscere per minuto, non solo queste azioni, ma tutte le altre sostenute con massima gloria dai Veneti, che furono toccate sin'ora leggiermente dagli storici particolarmente forastieri e moderni, come se per le battaglie marittime ci volesse minor valore, che per le terrestri, o come se i Veneziani non avessero in quelle superato, od almeno eguagliato e Greci e Cartaginesi e Romani. Potrà allora il mondo tutto essere vie più assicurato, che ben lungi i Veneti dal meritarsi fredde lodi ed anche la dimenticanza de' loro nomi nelle giornaliere storie e biografie, essi soli potrebbero somministrare tanti nomi da comporre una gallerìa compiuta ed istruttiva; e che uomini i quali tutto sacrificarono alla patria, hanno un giusto diritto di vivere gloriosamente nella memoria di tutte le incivilite nazioni.

Nota.

Mi lusingo che non riuscirà discaro a chi legge, ed in particolare al sesso gentile, ch'io offra qui queste Inscrizioni, esposte in lingua volgare dalla dotta penna del fu sig. ab. Carlo Adolli, alla cui gentilezza è debitrice la mia opera di quest'ornamento. Chi bramasse leggerle nel suo originale rimarrà fra poco soddisfatto mercè le cure dell'erudito giovane Emanuele Cicogna, che dopo avere riunite con diligenza incredibile, le Inscrizioni tutte disperse per la città e contorni, le corredò di sue belle annotazioni, ed ha già cominciato a render di pubblica ragione il suo lavoro.

Alla destra del Mausoleo Mocenigo

nell'esteriore facciata della Chiesa.

I. Questa mole che vedi, o spettatore, non crederla un Mausoleo. È questo un trofeo, che innalzato in Creta a Luigi Mocenigo procurator di san Marco, fu qua trasportato fra il compianto de' cittadini. Il Salvatore san Marco, che impose al suo Leone di militare sotto la Moceniga prosapia, rugge in Luigi anche estinto per eccitare col di lui esempio alla gloria i cittadini. Egli Marte in mare, terrore in terra, due volte comandante della Veneta flotta, sempre fu la salute della patria; chiarissimo per religione, per prudenza, per pietà, per guerresco valore. Ne hai tanti documenti. Egli difese i forti Gesù, Betlemme, Martinengo, Vitturi, san Dimitri, quasi espugnati dai Turchi; ritolse a forza dalle unghie de' nimici le fortificazioni di san Teodoro e di Turluli. Le flotte dei Turchi gonfie del favore della vittoria, sdegnose della guerra, le assuefece alle stragi, e con poca gente sconfittele, le cacciò profughe per tutto l'Egeo.

Nella parte sinistra del Mausoleo.

II. Mise a morte Assano Bassà soggiogatore di Babilonia. Caricò di catene Nadalino Friulano, reggitore delle navi ottomane, disertore di Cristo e dei Veneziani. Lacerata Creta dalle mine de' Turchi, ed entrato per le breccie il nemico in città, egli rincorrò gli atterriti capitani, i piangenti cittadini, i soldati fuggitivi: punì di verga, chi consigliata avea la fuga. Solo e vecchio opponendo se stesso qual muro di ferro ai nemici, li tagliò a pezzi, li fugò, e in una sola città restituì al Veneto Dominio il regno di tutta l'isola. Non so, se il Romano Metello, o il Veneto Luigi più acconciamente onorare si debba del titolo di Cretese. Quegli soggiogò il regno, questi lo conservò; quindi dal Senato e dal popolo di Creta ebbe in dono una medaglia d'oro ed una di rame. Mentre carico di trionfi stava per ricevere la palma, morì l'anno 1554 ai 7 di ottobre.

Luigi e Pietro procuratori di san Marco, fatti commissarii nel di lui testamento, al grande loro zio piangenti posero.

Sotto la Statua rappresentante la Fortezza.

Presa della Fortificazione a mezzaluna.

III. Luigi Mocenigo II, procuratore di san Marco; invitto capitano e salvatore, rinforzò nella forma di mezzaluna questa parte perduta più volte, e più volte ricuperata; e del nome Mocenigo, quasi cielo, la ricoperse l'anno del Signore 1649, affinchè la vittoria non più rifuggisse presso la luna de' Turchi, ma dessa, ch'erasi in addietro come la luna ecclissata, si raccogliesse sotto il medesimo cielo Mocenigo, entro la primiera orbita della propria felicità.

L'Università di Creta. D. l'anno del Signore 1650.

Sotta la Statua rappresentante la Prudenza.

Presa della Fortificazione Vitturi.

IV. Pel valore non meno che per la prudenza di Luigi Mocenigo sostenitore della bellica gloria, viene scoperta e dischiusa una sotterranea casamatta di pietra in questo baluardo Vitturi. Ad aggiunta della di lui gloria, furono per essa indovinate e sventate le mine del nemico, e distruttine tutt'i lavori, e con ciò infievolite le di lui forze, l'anno 1648. Ciò presentendo la di lui mano maestra per l'indizio del nome, predisse che quella fortezza sarebbe sicurissima da ogni insidia nemica, e la dedicò a san Liberale. Così l'inclito capitano ridusse a sicurezza ogni cosa, e il nemico, abbandonate le mura, fu costretto a ritirarsi lontano. Con queste brevi note que' di Creta eternarono gli amplissimi e innumerevoli beneficii in copia da lui ricevuti, e profondamente impressi negli animi loro.

L'anno del Signore 1650.

Sotto la Statua rappresentante la Fortezza

nella facciata interiore della Chiesa.

Inscrizione qua trasportata dal Baluardo Martinengo.

V. Luigi Mocenigo comandante in capo per la Repubblica Veneta in terra e in mare l'anno 1658, per divina inspirazione, e per la grandezza della sua mente, liberò in giusta battaglia dai Turchi Creta, città principale; e specialmente nel dì di san Giacopo, quando i nostri compresi da terrore, e nell'atto già di piegare, il superbo nemico in questo stesso baluardo Martinengo spiegata avea la luna. Sovrastava allora alla città tutta l'eccidio, e a ciascheduno inevitabile morte. Colà accorre colla spada nuda il Mocenigo: lo seguono drappelli di nobili, di cittadini, e le rincorate milizie: si fa grande strage; finalmente il nemico è messo in fuga dalla presenza di quest'eroe, e la luna ottomana, come se avesse sofferto un eclisse, fu dai nostri presa a forza insieme cogli stendardi. Noi per ciò a buon diritto sciogliamo ogni anno un voto solenne a san Giacopo, per la vittoria riportata sotto il comando di tanto capitano.

L'Università di Creta a perpetua memoria del fatto questa Inscrizione dedica l'anno del Signore 1650.

Sotto la Statua rappresentante la Prudenza.

Presa della Fortificazione di Gesù.

VI. I Turchi, rivolta al basso, contro la natura del fuoco, la forza delle mine, s'impadronirono più per fortuna che per valore, dei sotterranei di questa fortezza. Manca il coraggio, e v'ha chi pensa cedere alla fortuna de' barbari la città, quasi non più sicura. Vi accorre l'inclito eroe Luigi Mocenigo II, procuratore, e veneto dittatore: rampogna l'autor di tal consiglio, rincora tutti, e la città promette sicura. Da questa grandezza d'animo dell'inclito capitano tutti ripigliano forza e ardimento. Dopo tre giorni alfine, scoppiata un'altra mina, e rivoltasene parimenti tutta la forza al basso, perdono i barbari il bastione, alla maniera stessa che acquistato lo avevano. Così il Salvatore questa stessa fortificazione già prossima alla rovina, chiamata Gesù dal suo nome, la restituì ai cittadini da difendersi sotto il valore e la fermezza di un così gran capitano. Frattanto il Mocenigo, come il tempo glielo permise, la ricuperò ch'era quasi distrutta, e difese in poi con gagliardìa la città, e i nemici furono costretti a suonare a ritirata, e quale la vedete, il valoroso Duce la ristaurò con ottima costruzione a gloria del Salvatore l'anno 1648.

L'Università di Creta, questo testimonio del valore di lui, e del proprio affetto verso del duce, fece porre l'anno del Signore 1650, nel mese di gennajo.

Festa per la conquista

DELLA MOREA.

Si saranno forse i miei lettori sorpresi che nella precedente Festa, avendo offerti alcuni ritratti degli uomini illustri ch'ebbero parte nella guerra di Candia, siasi per me ommesso quello del celebratissimo Francesco Morosini; ma oltrechè la narrazione dell'accennata guerra ivi non è compiuta, parvemi anche miglior consiglio il riserbarmi a parlare in quest'ultima, ove il suo valor militare spiccherà a segno, che non potrem occuparci che di lui. Tanto i suoi prosperi successi quanto le sue sventure destano il più vivo interesse, e potrebbero, s'io non m'inganno, porgere il soggetto ad un Poema epico.

Precedano alcune nozioni intorno a questo grande protagonista. All'età di vent'anni, cioè nel 1638, quando non era che semplice ufficiale di galea, ebbe molta parte in un combattimento contro sedici galere barbaresche, che furono tutte conquistate dai Veneziani; in memoria del qual trionfo una di queste fu conservata nell'Arsenale. Proporzionatamente ai suoi gradi militari spiegò il Morosini i suoi talenti. Eletto nel 1641 governator di galera, si distinse in modo, che gli fu dato di portar sempre la Bacchetta e la Corona; onore che accordavano i generali a quel governatore, che si fosse segnalato più degli altri in qualche rischiosa occasione. Di queste il Morosini n'ebbe molte, poichè la guerra era già cominciata, ed aveva avuto grande influenza nella vittoria di Cismè sotto il generale Giambattista Grimani. Eletto capitano di galera nel 1651, fu collocato alla sinistra del generalissimo Luigi Leonardo Mocenigo nella celebre battaglia di Trio verso Paro. Disperse le galere nemiche dopo averle coperte di sangue e di uccisi, e poscia andò a battersi col ribelle Mustafà, che montato sopra un forte vascello, pieno di soldati valorosi e risoluti, difeso da sessanta cannoni di bronzo, e sostenuto da molti altri vascelli, sembrava sfidare un'armata intera; ma il Morosini coll'esempio suo proprio animò per tal modo i suoi, che spogliati dei loro vestiti, colla spada nuda fra' denti, arrampicandosi gli uni sugli altri, balzarono dentro la capitana turca, se ne impadronirono, e vi fecero prigione il rinnegato, come abbiamo altrove veduto. Fu in quest'occasione che il senato fece giungere al Morosini un elogio distinto. Non sì tosto fu nominato provveditor d'armata nel 1652, che diede nuove prove dell'usato valore; nè si ebbe difficoltà, allorchè il generale Foscolo cadde ammalato, di porre al comando dell'armata il Morosini. Lo stesso avvenne alla morte del general Mocenigo, finchè ne venne il suo successore Girolamo Foscarini; e morto anche questi, fu egualmente dato il comando per acclamazione al Morosini. Dovett'essere trascendente il suo merito, se la scelta fu applaudita anche dagli ausiliarj Maltesi e Pontificj, che sin allora non avevano voluto riconoscere per superiore che un generale. Il Morosini non ismentì giammai la sua riputazione; anzi la aumentò vieppiù nelle successive vittorie riportate dai Veneti a Tine, ad Egina, a Volo, ai Dardanelli. Egli terminò la sua carica di provveditor d'armata colla presa di Megara, che tutti gli storici esaltano come una delle più memorabili. Con pari riuscita disimpegnò poscia la carica di provveditor generale, e di general di Candia; e per ciò appunto nel 1657 venne eletto dal gran consiglio con pluralità di voti generalissimo.

Ma il mio oggetto non essendo già quello di scrivere la sua storia, mi contenterò di riferire soltanto quelle tra le sue geste, che hanno qualche circostanza particolare, e che offrono insieme alcuni tratti caratteristici del governo Veneto. Eccone uno. Il Morosini, avendo ricevuto qualche rinforzo, formò l'ardito disegno di riprendere la Canea. Ma ne lo impedirono alcune avverse circostanze. Risolve invece di attaccare un corpo nemico allora debolissimo; ed ajutato da un vento favorevole, approda, sbarca le sue truppe senza contrasto, ed ordina l'attacco. La riuscita non corrispose all'aspettativa. Irritato, anzi furente che sia andato a vuoto il colpo, egli grida contro i soldati per la vergogna e il disonore riportato, ed imputa al provveditor d'armata la causa del disordine coll'avere ordinato alle truppe un movimento fuori di tempo. Senza più lo condanna ad un bando perpetuo, ed anzi vi ha chi dice, alla morte. Il provveditore sdegnò di fare qualsiasi giustificazione, ma nel punto stesso imbarcossi sopra una feluca, andò a Venezia, e si appellò alla Quarantìa. Venne egli non solo assolto, ma produsse contro il Morosini accuse tali e così fondate, che questi venne richiamato a Venezia prima ancora dell'arrivo in Candia del suo successore, che fu subito nominato. Il Morosini obbedì, si dimise dalla sua carica, e venne a Venezia.

Se noi stessi fummo tentati di accusare il Morosini di troppa severità, ed abbiamo in lui riconosciuto più passione che giustizia, la riflessione e l'esperienza devono assai presto averci richiamati all'osservazione, che tutto è eccesso presso gli uomini destinati a grandi imprese, e che tanto le loro virtù, come i loro vizj partecipano sempre dell'energìa del loro carattere. Tutto in lui derivava dal grand'amor di patria; tutte le sue azioni erano guidate da questo nobile sentimento. Se ciò non fosse stato, avrebb'egli obbedito immediatamente, come fece, all'ordine del Senato di dimettersi dalla carica, quando aveva in suo potere la forza principale della Repubblica, godeva l'amore di tutta l'armata, e non aveva presso di sè alcun superiore che gli comandasse? Ciò basterebbe ad immortalare un generale di una monarchia.

Il governo spedì un inquisitore all'armata per prendere cognizioni esatte sul fatto, ed intanto il Gran Consiglio nominò Francesco Morosini podestà in Padova: il che era una punizione per quelli che avevano servito in cariche superiori. Eppure, secondo le massime del governo, egli era stato punito abbastanza coll'averlo richiamato a Venezia qualche mese prima che terminata fosse la sua carica di mare, e coll'averlo rimproverato per la sua troppo severità.

In questo mentre giunse notizia che un grosso corpo di Turchi era disceso in Croazia, il che diede a temere non fossero tentati di fare un'irruzione nel Friuli. In tal frangente tutt'i suffragi concorsero ad eleggere per provveditor generale della provincia e terraferma Francesco Morosini, dandogli il comando supremo delle armate; dimodochè lungi dal lasciar Venezia con umiliazione egli se ne partì onorato sempre più. Adempì la sua commissione con esito felicissimo, e con universale approvazione. Nondimeno mentre era assente, fu presentato al Senato un atto di accusa contro di lui con ottanta testimonj, che però non osarono di segnare il loro nome. L'atto fu accettato, malgrado le leggi che non permettevano di riceverne nessuno che fosse anonimo. Il Senato rimise agl'inquisitori di Stato la formazione del processo, dal quale ne risultò un'apologia amplissima delle sue virtù. Sdegnato il Senato delle atroci calunnie inventate contro un cittadino sì rispettabile, segnò ai 30 gennajo 1663 un decreto in memoria perpetua dell'innocenza di Francesco Morosini, e ad infamia eterna degli accusatori. Ecco un vero trionfo e per il Morosini e per la giustizia.

La guerra di Candia attraeva gli sguardi e l'ammirazione di tutto il mondo sui Veneziani; ma però pesava assai sul cuore del governo, per la necessità di aggravare il popolo a fine di sostenerla, e sacrificar le vite de' cittadini senza prò, conoscendo pur troppo esser dessa una febbre lenta, che conduce a tristo esito, ed intanto consuma. Ma che far si poteva? I Turchi proseguivano l'intrapresa con fermezza e violenza, fosse puntiglio, fosse vista di religione, fosse speranza di stancare il nemico, e di una volta trionfare. Dal canto suo la Repubblica pensava, che dopo tante vittorie vi andava del suo onore rinunziando ad un regno sì utile. Tanta ostinazione reciproca rese vane tutte le trattative di pace rinnovate le cento e cento volte durante la guerra. Furono però riprese nel 1665, ed il gran Visir teneva un certo linguaggio coll'ambasciatore di Venezia da far sperare che finalmente il sultano si renderebbe alla ragione. Ma ciò egli non fece che per meglio ingannare i Veneziani, ed anche i Turchi stessi. A Costantinopoli i grandi, la milizia, il popolo gridavano contro questa guerra; trattavano i comandanti da traditori, il divano da vile. Il gran signore eccitato dalle mormorazioni, e dal veder impossibile di ottener una pace qual egli voleva, ordinò al gran visir sotto pene severissime di andare sotto Candia, e di non partirsene senz'averla sottomessa.

La nuova giuntane a Venezia fu quasi un colpo di fulmine. Allora ben si conobbe che ciò ch'era stato fatto, non era che un giuoco in confronto a ciò che restava a fare. Immediatamente fu scritto a tutte le corti per ottenere soccorso; si fecero reclute e nuovi apprestamenti all'arsenale. Il Senato si raccolse per eleggere il comandante delle sue forze. Niuno dubitava, che il più atto non fosse Francesco Morosini, e che i suoi nobili sentimenti, e la sua carità per la patria non gli facessero dimenticare ogni amarezza sofferta, dedicandosi al pubblico servigio con quella generosità ch'è propria di un repubblicano. Il Morosini venne dunque eletto colla pluralità de' voti, e partì da Venezia il più presto che potè.

Giunto in Candia trovò una guarnigione di sei mila uomini tutti ben disposti, come pure gli abitanti, per la pubblica causa. Sbarcovvi duemila de' suoi in rinforzo, e per poter meglio dirigere le operazioni vi si stabilì egli stesso. Ma quale quadro spaventevole gli si presentò, quando salito sopra un forte vide tutto il terreno coperto di nemici che stavano aprendo trincee, e facevano i maggiori sforzi per sottomettere ad ogni costo l'infelice città! Pure quell'intrepido nulla si sgomenta; discende dal luogo, rianima i suoi ordina parapetti e lavori militari di difesa. Il sibilo delle palle ch'escono da' fucili nemici supera il fracasso de' lavoratori. Egli non l'ode, assorto com'è a regolar ogni cosa. Vuolsi però, che quel sibilo micidiale sia più atto a spargere il terrore ne' cuori, che non è il crepito delle sciabole ed il rimbombo del cannone; in questi v'è qualche cosa che innalza l'animo, inspira il coraggio; ma quel fischio leggero offre l'idea del tradimento e rassomiglia ai colpi dell'assassino notturno. Chiunque lo ha sentito non ne ha mai dimenticato l'effetto. Il fuoco tuttochè continuo della fortezza non impediva abbastanza le operazioni de' Turchi, perchè estinti gli uni sottentravano altri in maggior numero, talchè nel giorno 22 maggio del 1667 giunsero ad aprire una breccia. Da quel momento non vi fu giorno che non fosse segnato da qualche azione. Basterà il dire, che in meno di sei mesi vi ebbero trentadue assalti, diciasette sortite, e si fecero scoppiar le mine seicento diciotto volte. La guarnigione vi perdette tre mila ducento soldati e quattrocento ufficiali, fra' quali alcuni volontarj di tutte le nazioni, che la fama di questo famoso assedio aveva fatto concorrervi. I due principali capi, cioè il Morosini, ed il Barbaro governatore di Candia, erano ambedue molto feriti. Nondimeno i Turchi non avanzavano tanto quanto speravano; la mortalità fra loro era infinita, e l'inverno era alle spalle. Il gran visir trovavasi in somma angustia ed oltre tutto temeva una sollevazione delle milizie. Per tranquillarle fece avvertire il segretario della Repubblica, che a lui si recasse per trattar la pace. Il ministro vi andò; ricevette tutti gli onori, e fu veduto dalla truppa turchesca con gran giubilo. Ma questo non fu che uno stratagemma del visir, poichè le condizioni proposte furono quelle medesime tante volte ricusate dai Veneziani. Tentò egli allora un altro mezzo per ottener la città. Fece gettarvi de' viglietti, ne' quali minacciava di morte la più crudele quelli che ricusassero l'ordine di ceder Candia. Gli assediati si beffarono di queste vili bravate, sempre più risoluti di non obbedire che agli ordini de' loro comandanti.

Malgrado la cattiva stagione i Turchi si tennero fermi ai loro posti per essere più pronti in primavera a ricominciare le grandi operazioni dell'assedio. Potevano di fatti lusingarsi della riuscita, poichè arrivavano loro continuamente nuove squadre con nuovi e sempre maggiori rinforzi, mentre alcuno non ne veniva ai Veneziani. Per soprappiù convenne al nostro comandante generale dividere in due la sua flotta; una per guardia di Candia, l'altra per iscorrere l'Arcipelago in difesa delle isole, particolarmente della Standia, la quale trovandosi in faccia a Candia era un posto utilissimo per aver l'acqua necessaria, e facilitare l'entrata e l'uscita de' vascelli. Il gran Visir avea formato il disegno d'impadronirsene servendosi delle beliere che si trovavano in Candia, rinforzate da dodici galee sulle quali imbarcò due mila Gianizzeri. Il comando di questa spedizione era dato a Durac, famoso corsaro, con ordine di battere nottetempo, prima la piccola squadra veneta che percorreva il mare verso santa Pelagia, poi di trasferirsi a Standia, occuparvi il porto, fortificarvisi, incenerire e distruggere tutt'i vascelli veneti, aggiuntevi le promesse più ampie di ricompensa se la cosa riusciva a bene. Il Morosini avvertito a tempo di tutto, abbandona Candia immediatamente, e seguito da venti galee, corre ad unirsi alla sua squadra dell'Arcipelago. Nella stessa notte, destinata dal Visir per l'attacco, i nostri già lo cominciano. I Turchi non potendo per l'oscurità distinguer nulla, credono di non aver a combattere che contro la piccola squadra, e si tengono già sicuri di sottometterla; vi si gettano sopra con tutto l'impeto, ma vi trovano una resistenza inaspettata. Il combattimento diviene feroce, e reso più terribile dalle tenebre. I Veneti s'impadroniscono di cinque bastimenti, ed un altro ne colano a fondo. In questo mentre il Morosini è attaccato da tre galere in un punto; ma due delle nostre giungono a tempo di liberarlo e di sottomettere le tre nemiche. Durac viene da disperato a battersi contro una delle nostre, avea già ucciso il capitano, ferito il provveditor d'armata, ed era sul punto d'impadronirsi del naviglio, quand'ecco il capitan generale libera la galera investita, ordina l'arrembaggio su quella del bascià, e perchè meglio si possa manovrare, fa accendere un gran numero di torcie. Allo straordinario splendore i Turchi abbagliati si sgomentano credendo essere micidiali que' fuochi, e si disperano. I Veneti prendono tosto la galera di Durac, ed egli cade morto da un colpo di fucile; quasi tutta la milizia, ed un gran numero di Gianizzeri sono passati a fil di spada. Il terribile combattimento era già terminato, e tuttavia i pianeti proseguivano a brillare nel loro lento corso; udivasi il muggito monotono dell'onde, e tutto era oscurità e silenzio nelle isole circostanti. Quale contrasto singolarissimo offriva questa maestosa tranquillità della natura con quanto di più terribile aveano operato sin allora gli uomini! Giunto il mattino, i Veneziani si trovarono in possesso di quattrocento prigionieri, fra' quali cinque bey, e di oltre mille schiavi che furono liberati; lieti di poter servire nelle armate della Repubblica. Si asserisce per certo, che i Veneti ebbero soltanto dugento morti e trecento feriti. Eravi però di che affliggersi per la perdita di molti bravi ufficiali; ma questi ottenuto avevano il loro scopo; erano morti coperti di gloria, avendo tanto cooperato a questo prospero avvenimento. Computossi di fatti un vantaggio grandissimo quello di averci preservato il possesso dell'isola di Standia.

Il Morosini scrivendo modestamente di sè al governo, espose tutte le particolarità di questo combattimento notturno che venne celebrato anche da tutti gli storici. Spedì a Venezia un vascello carico d'insegne e spoglie nemiche, tra le quali stendardi ricamati in oro presi dalla capitana imperiale. Il Senato con un suo decreto de' 21 aprile 1668 il creò cavaliere di san Marco, e mandò lodi e ricompense a quelli ch'erano sopravvissuti, come pure agli eredi degli estinti. Decretò in oltre, che gli oggetti preziosi acquistati in questa occasione dal Morosini dovessero venir collocati nella sala del Consiglio di X, con un'iscrizione onorevole e degna di richiamar in ogni tempo quello che le avea conquistate, e che colla gloria pubblica debbasi conservar sempre la memoria de' suoi segnalati servigii. In oltre il governo rispondendo al dispaccio del Morosini, aggiunse: che gli accordava il rarissimo onore di dirgli Noi vi lodiamo col Senato. Quest'era veramente un onore così raro, che assai pochi cittadini l'ottennero, e per ottenerlo bisognava avere quattro quinti dell'intero Senato. Distinzione sì semplice per servigi sì grandi, non diversifica da quelle praticate da' Greci e Romani a' loro tempi felici. Queste sono le ricompense atte ad animare e non a corrompere i costumi e i sentimenti. Felici gli stati, felici i principi, se con simili doni potessero saziare l'ambizione e l'interesse de' loro ministri! Celebrossi in Venezia in mille modi questa memorabile vittoria. Venne partecipata a tutte le corti, ed ognuna mandò congratulazioni col mezzo de' suoi ambasciatori.

Si ripresero d'ambe le parti le operazioni dell'assedio, e della difesa di Candia. Il Morosini, tuttochè ferito gravemente, attendeva ad ogni cosa. In questo mentre il gran Visir gli spedì una lettera per sollecitarlo a cedergli la città, offrendogli in compenso i principati della Valacchìa e della Moldavia; ma egli risposegli con disprezzo. E veramente la proposizione era sol degna di un barbaro, a cui era ignoto non esservi mai stato esempio che un patrizio veneto avesse accettato di diventar principe o re; chè più bello parea a ciascuno l'essere cittadino di libera e gloriosa patria, e l'accomunare la propria autorità con quella di tutti, che portare scettro e diadema in paese straniero.

La lunghezza dell'assedio di Candia, la forma terribile degli attacchi, il valore eroico de' suoi difensori, attraevano l'osservazione di tutta l'Europa, talchè i principi cristiani arrossendo della loro non curanza, ed eccitati dall'esempio e dalle sollecitazioni del papa, presero unanimi la risoluzione di concorrere in ajuto degli assediati. L'imperatore offerse tremila uomini; la Spagna equipaggiò una flotta; i cavalieri di Malta un'altra. In Francia un drappello di scelta gioventù si offerse volontario a questa spedizione; il duca de la Feuillade, personaggio conosciutissimo pel suo valore personale e per le vittorie riportate in Ungheria, si mise alla testa di seicento Francesi che scelse fra i più coraggiosi ed i più nobili, che a gara si sono presentati a quest'oggetto. Il re approvò tale risoluzione, la sostenne con largizioni, e somministrò alcuni regii vascelli pel loro viaggio. La partenza si fece in luglio del 1668, ma i venti furono sì contrarii, che in ottobre non erano per anche arrivati in Candia. Le galere ausiliarie d'Italia vedendo approssimarsi l'inverno, e non volendo essere le sole esposte ai mali della guerra e della stagione, si ritirarono senza lasciarsi punto commuovere dalle pressantissime istanze degli assediati. Nella loro partenza incontrarono le galere di Spagna, che furono assai contente di seguir quell'esempio. Ecco una nuova prova quanto nelle sciagure possasi contrare sulla premura e sulla perseveranza degli alleati. Eppure non si cessa mai di condannare taluni che in casi simili non abbiano ricorso agli esterni ajuti, anche di quelle potenze stesse, che vagheggiavano il possesso del loro paese. La riuscita è quella che determina il giudizio generale, non già l'esame profondo delle circostanze. Questo fatale allontanamento degli ausiliarii empì il cuore del comandante Morosini di grande amarezza, e indebolì sempre più le sue speranze di lunga resistenza. Se non che a ravvivarle valse l'arrivo de' francesi nel porto di Standia. Comunicò egli tosto alla guarnigione la nuova, e la esortò a mostrarsi valorosa presso uomini valorosissimi, onde poter con unanime sforzo difendere vigorosamente la piazza, giacchè giunto era il giorno della sua liberazione. Tutti giurarono di resistere sino all'ultimo sangue. Vennero spedite a Standia quantità di barche leggiere perchè i Francesi potessero più facilmente trasferirsi in Candia. La gioja fu universale in veder giungere questo benefico soccorso. Tutti a gara corsero ad incontrare i guerrieri francesi colle più vive acclamazioni di applauso e di benedizioni quasi veri liberatori. Lo stesso loro aspetto infondeva piacere e fiducia. Fisonomie su cui era improntato il coraggio e la risoluzione; portamento nobile e gentile; abiti ricchissimi; armi lucidissime, e se la loro statura non era gigantesca, sembrava ancora più atta a quegli esercizii, che la circostanza richiedeva. Il comandante Morosini assegnò subito ed essi il loro posto, dando la difesa di una delle opere esterne della piazza. Bisognava per ciò cominciar dallo strisciarsi col ventre a terra per poter giungere inosservati al ridotto, e tenersi fermi, silenziosi, immobili sino a che i Turchi venissero ad attaccare i primi. Com'era ciò possibile a' Francesi non men valorosi che intolleranti, e che in questo caso cercavano una gloria abbagliante? Ricusarono essi un posto che non avea che pericoli, e proposero invece di montar la guardia d'una breccia che avrebbero saputo difendere. Il Morosini, che volea riserbarli a operazioni più utili, adoperò la sua autorità per dissuaderneli. Vollero allora costruire un ridotto in faccia al nemico, e ci riuscirono, ma con mortalità; indi a poco il perdettero, e solo a forza di sangue il ricuperarono. L'ostinata resistenza del nemico sorprese grandemente i Francesi, perchè creduto avevano, che al solo loro arrivo gli affari avrebbero cangiato d'aspetto. Non dubitarono però che facendo una sortita generale il nemico non fosse costretto a levare l'assedio. Il duca de la Feuillade loro condottiere andò a proporla al comandante generale, assicurandolo della piena riuscita. Il Morosini, che in questa sola campagna ne avea fatto più di cinquanta, e che in sei mesi perduto avea settemila uomini, fra' quali seicento bravi ufficiali, non poteva assolutamente esporre il restante ad un simile rischio. Rappresentò dunque al duca, che avendo sì poca truppa nella piazza, sol che se ne perdesse una porzione, le breccie rimarrebbero indifese, e così più presto cadrebbe la città, che sin allora erasi sostenuta collo strascinar in lungo l'assedio. Fecegli in oltre osservare, ch'essendo allora in decembre, il nemico sarebbe quanto prima costretto di sospendere gli attacchi, e così la guarnigione avrebbe avuto tempo di ristorarsi dalle fatiche, e forse anche di venire rinforzata con novelli soccorsi per poter poi in primavera tentare intraprese maggiori con più riuscita. Il Morosini però aveva un bel dire; il duca non cercava, che di far un'azione clamorosa; e purchè in Francia fossesi parlato della sua bella sortita, non curavasi nè di sacrificare il più di quella miserabile guarnigione, nè che partito lui, la piazza fosse anche costretta ad arrendersi per mancanza di difensori. Anzichè piegarsi al giusto ragionare del Morosini, declamò altamente contro tanta circospezione, chiamandola gelosia e politica; si adirò, minacciò, indi decise di voler fare una sortita colla sola sua milizia. Tutt'i suoi compagni d'armi ne furono contenti, dicendo, essere molto meglio il morire sul campo tinti di sangue nemico, che il prolungar la vita dietro a muraglie, per poi venire schiacciati dalle pietre, o seppelliti sotto le rovine. Il Morosini per umanità volle aggiungervi cento uomini suoi, pratici di tutte le tortuosità delle strade.

Alla punta del giorno 16 decembre compatì il duca de la Feuillade in abito snello e succinto, come se avesse a volteggiare sopra un bel cavallo in presenza di amabili donne, nè teneva che una semplice frustina alla mano, arma, affè, mal propria per affrontare un nemico. I suoi nobili cavalieri altresì, per essere più agili, si erano spogliati di tutte le armi difensive. Parea da prima ridicolo questo apprestamento belligero; ma la sorpresa fu universale, quando furono visti lanciarsi tutti ne' trincieramenti nemici, e con un coraggio, che fece star mutoli, uccidere quantità di Turchi e porre gli altri in fuga. Se non che il rimbombo del cannone fa che questi accorrano in gran numero da ogni parte, e trovando i cavalieri senz'armatura, ne uccidono e ne feriscono moltissimi. Il duca tuttochè ferito egli stesso, passa intrepido tra il ferro, il fuoco ed i corpi estinti de' suoi, non lasciando mai di animar quelli che gli rimanevano ancora. Poscia, vedendo che un grosso corpo di Turchi avanzavasi per tagliargli la strada, ordina la ritirata in città, la quale venne eseguita col miglior ordine. Il duca fu l'ultimo ad entrarvi.

Parea che tutti questi bravi volontarii non fossero venuti da sì lontano, che per fare una brillante pazzia a dispetto de' migliori consigli ricevuti, con danno sì grande dalla loro parte, e senza la menoma utilità; poichè non avevano conseguito l'oggetto primario delle sortite, ch'è di distruggere i lavori del nemico, o di discacciarlo dal luogo.

Il duca ed i suoi compagni n'ebbero abbastanza di questa prova; anzi da quel momento mostrarono tanta smania di ritornare ai loro focolari, quanta ne aveano mostrata d'intraprendere questa spedizione veramente romantica. Si rimbarcarono dunque il più presto possibile, ma per mala ventura trasportando seco loro il germe del contagio contratto nelle fazioni co' Turchi; il quale sviluppatosi per viaggio, mietè quasi tutte quelle poche vite che rimanevano di così bella milizia.

Non vi sia chi mi accusi di aver parlato con troppa leggerezza di un'azione, che fu, per verità, vigorosissima. Per descrivere un'impresa francese, ho voluto ricorrere agli storici Francesi, e particolarmente a quello tanto ammirato altrove, il signor Darù, dal quale ho copiate quasi letteralmente le parole. S'egli poi non la perdona nemmeno ai suoi compatriotti, non è mia colpa; nè mio sarà poi l'assunto di rispondere alle tante falsità che spaccia intorno a ciò che i Veneziani risguarda.

Questa campagna aveva sempre più indeboliti gl'infelici assediati, ma aveva pur anche attirato ognora più l'ammirazione e l'interesse universale; di modo che i principi cristiani risolsero di nuovo di porger loro soccorso. Non solamente il pontefice e Malta spedirono molte galee, ma alcuni stati dell'impero diedero quattro mila uomini circa. Luigi XIV ne promise sei mila, oltre un buon numero di ufficiali e di volontarj comandati dal duca di Noailles. Ma volle per condizione di essere assicurato, che Candia potesse resistere, e che non fosse segnata la pace sino al loro arrivo. Il Morosini s'impegnò sulla sua parola d'onore. Veramente considerando lo stato a cui era ridotta quella piazza, avrebbesi potuto giudicar temerario il suo giuramento. Le strade erano tutte coperte di palle, di scaglie, di bombe e di granate; non eravi più un sol fabbricato, una sola muraglia che non fosse traforata, e quasi rovinata dai colpi di cannone. Il puzzo de' cadaveri infettava l'aria; da qualunque parte si andasse altro non vedevasi che soldati uccisi, o feriti, o storpi; e dopo tutto, i venti contrarj ritardavano la flotta che dovea recare il danaro, e la milizia trovossi senza paga. Il Morosini ne somministrò una porzione del proprio; tale esempio fu imitato da altri ufficiali.

Finalmente si vide giungere una flotta di 33 vele; queste apportavano danari, munizioni ed i quattro mila Tedeschi già promessi. Quanto i Veneziani si trovarono di ciò consolati ed incoraggiati, altrettanto il gran visir ne fu addolorato. Egli non ignorava in oltre, che aspettava di giorno in giorno il nuovo rinforzo di valorosi Francesi; e vedendo la difficoltà di vincere, e temendo pur anche per se medesimo, risolse di tentare di ottener la pace. Chiese dunque un abboccamento col cavalier Molin, che stava a Costantinopoli, per poter al caso trattare di pace. Questi si trasferì al campo nemico, dove fu ricevuto con tutti gli onori e le massime distinzioni. Il visir gli propose in prima di demolire la piazza di Candia, col patto, che i Veneziani potessero poscia erigere un forte in quel sito dell'isola che più lor piacesse. La proposizione non fu accettata. Propose allora di divider Candia in due porzioni eguali, e di modificare tutte le altre sue pretese. Il Molin, forse contro sua voglia, ricusò tutto di nuovo, astrettovi dalla parola data a Luigi XIV.

Frattanto comparve la flotta francese comandata dal duca di Beaufort. Essa era accompagnata dalla pontificia e dalla maltese. Fatto lo sbarco in Candia, i capi vollero riconoscere lo stato della piazza, e lo considerarono assai pericoloso, particolarmente per la scarsezza de' difensori, e pei progressi del nemico. Consultarono col comandante Morosini sopra il miglior mezzo per dirigere le operazioni da farsi con queste nuove truppe. Il Morosini disse, che converrebbe fare una discesa alla Canea, per costringere il visir ad accorrervi, abbandonando così le trincee di Candia; ch'egli prometteva a quest'oggetto tre mila uomini della sua milizia, ch'egli stesso avrebbe condotti. I Francesi poco disposti, a somiglianza de' loro predecessori, ad ascoltare i consigli della saviezza e dell'esperienza, risolvono tutto al contrario, e vogliono ad ogni costo fare una sortita, quando pur ciò non fosse, che colla sola lor gente. Il Morosini chiese invano una dilazione di qualche giorno; la sortita fu decisa.

Il giorno dopo, di buonissima ora, i Francesi andarono taciti a portarsi fuori delle mura dinanzi ad un trinceramento, per attendere, col ventre a terra, il segnale dell'attacco. Uditolo, marciano in buonissimo ordine, si scagliano sopra un corpo di milizie, che osservano fra l'oscurità. Quest'era un corpo di Tedeschi che veniva per rinforzarli. Accortisi dell'errore, si rimettono in ordine, si precipitano su i Turchi, ne uccidono molti, ed eccitano fra gli altri un tale spavento, che quanti possono si danno alla fuga sulle montagne. Allora i Francesi volano per impadronirsi de' ridotti e delle batterie, ma in quell'istante stesso il fuoco si apprende ad alcuni barili di polvere. L'esplosione eccita ne' Francesi l'idea che quello fosse un fornello, e che tutto il terreno si avesse ad aprire in un punto; cominciano a gridare: fuoco alle mine! e colpiti da un panico timore, tutti abbandonano il posto, gettano le armi, e si danno alla fuga. I battaglioni si rovesciano gli uni sugli altri; e quella milizia tanto audace un momento prima, cerca adesso, senza essere inseguita, qualche luogo di sicurezza. Il general Morosini ebbe appena il tempo di spedire un distaccamento per proteggere la ritirata de' Francesi in Candia.

La perdita però non essendo stata che di trenta uomini, il Morosini lusingavasi, che i Francesi avrebbero voluto cancellare quella macchia, e che all'arrivo d'un nuovo rinforzo condotto dal duca della Mirandola, sarebbero ardentemente corsi a qualche intrapresa meglio calcolata, gloriosa e decisiva. Ma nulla fu più possibile di ottenere da loro; anzi con sorpresa universale si seppe, che il generale francese si proponeva di ripassar il mare il più presto possibile colla sua truppa. Nè i lagni del Morosini, nè le istanze degli ufficiali Veneti, nè le preghiere dell'intera popolazione, nè le lagrime delle donne, de' fanciulli, e dei vecchi, nè la maestà del sacerdozio, che se gli presentò in corpo in tutta pompa, valsero a commuovere quel cuore indurito ad ogni nobile sentimento, ed a rimuoverlo da una risoluzione sì indegna della gloria francese, sì funesta ai Veneziani, e sì disonorante la fama di un comandante. In agosto tutt'i Francesi si rimbarcarono.

Saputasi dai Turchi questa partenza, si tennero sicuri di aver in loro potere la piazza con un solo assalto. Al par di loro conosceva il Morosini questo pericolo, e ne provava estremo cruccio. Piangeva fra sè il destino di tanta brava gioventù, come se ignorasse che una sorte medesima attendeva lui pure. Versatissimo nell'arte militare, poteva calcolar esattamente quante speranze rimanevano ancora di salvamento, e vedeva, che se l'assedio non veniva ben presto levato, e non si resisteva a quest'ultimo assalto, certissima era la perdita della città. Credette dunque suo dovere di chiudere il cuore ad ogni senso di umanità, e di tentar di nuovo ogni mezzo di difesa. Dispone subito, e in un modo mirabile la guarnigione ridotta appena a tre mila uomini, indeboliti a segno, che sembravano arboscelli, che un soffio di vento autunnale spogliò di una parte della loro verdura. Tutti nondimeno concorrono all'impresa, animati da quel medesimo spirito del loro capo. Quale spettacolo sublime ed insieme commovente il veder ciascuno a gara volare al suo posto! I feriti stessi, e gli ammalati chiesero di dividere i pericoli co' loro compagni, preferendo di ricevere la morte combattendo, piuttosto che attenderla ne' loro letti. Accolta la loro inchiesta, vennero collocati nelle file, presso quelli che ancor godevano abbastanza salute e vigore.

I Turchi vengono ben presto impetuosamente all'assalto. Si battono come tigri; i nostri come uomini che conoscono quanto difendono; de' primi ne muore un gran numero, ma vengono tosto rimpiazzati; niuno v'ha che rimpiazzi i Veneziani esposti sempre al nemico per le breccie aperte, e nemmen più protetti dalle mura, che crollano al solo rimbombo delle artiglierie. La perdita di uno di essi è al cuore del Morosini una ferita tanto grande, quanto è immensa la sua ammirazione per la perseveranza di quelli che sopravvivono. Pure vedendolo passare da un posto all'altro con quell'aspetto così tranquillo, chi poteva mai immaginare, ch'egli nodrisse l'intima persuasione, che tutti questi eroici sforzi sarebbero divenuti inutili? Prosegue tuttavia con grand'ardore l'impresa; slanciasi egli stesso in mezzo alla mischia; oppone alle scimitarre turchesche il suo petto coperto di vecchie cicatrici e di ferite nuove, ed imitato da' suoi valorosi, dopo un'orribile strage di nimici, li costringe a ripassar le breccie, e ritirarsi sino ai loro accampamenti. Egli, gravemente ferito, venne portato via, e dovette starsene per qualche tempo in riposo.

Informato il Senato di questa sorprendente azione, segnò subito il decreto dei 2 settembre 1669 col quale elesse Francesco Morosini a procurator di S. Marco soprannumerario, con tutte le dignità, prerogative e preminenze della carica, per avere con tanto vigore sostenuto alla cristianità ed alla patria un così forte antemurale, qual si era Candia.

Ristabilitosi alquanto in salute, volle recarsi egli stesso dal duca di Noailles, che per li venti contrarii trovavasi tuttavia nel porto di Standia. Introdotto che fu, annunziògli il felice avvenimento, e cercò in tutt'i modi di persuaderlo, che con piccolo rinforzo tutto ancor si poteva sperare. Ma il duca ricusò fermamente ogni soccorso, adducendo che la piazza era ridotta a troppo mal termine per poter tentare cosa alcuna che fosse di gloria e di utilità. Ed insistendo il Morosini, egli punto non si rimosse, anzi consigliollo di accettare qualcuna delle proposizioni moderate che i Turchi già fatte avevano. Al che il Morosini soggiunse con molta vivacità, che la Repubblica ricusate le aveva a suo gran danno, solo per serbar fede al re di Francia, e che a quel momento non era più possibile di ottenere nessuna favorevole condizione, poichè i Turchi, conoscendo lo stato infelice della fortezza, dovevano tener per fermo, che il giorno della partenza dei Francesi sarebbe pur anche quello della caduta della città. "Eh bene, disse il duca, è meglio cederla oggi; ed è certo che chi la cedesse subito riceverebbe grandissime ricompense". Il Morosini, furente per tanto oltraggio a lui diretto, gli rispose risentitamente: "A voi dunque appartengono tali ricompense, poichè è la vostra sola partenza cagione della perdita inevitabile della piazza, che senza la vostra venuta avrebbe potuto sostenersi ancora." Il Morosini avea in ciò mille ragioni; poichè infiniti esempj hanno dimostrato, che alloraquando i soccorsi stranieri non apportano la immediata liberazione d'una piazza, essi ne cagionano l'eccidio; e perchè il numero delle truppe aggiunte alla guarnigione consuma più presto le provvigioni; e perchè qualche rivalità s'introduce fra i vecchi e i nuovi difensori, che pone inciampo alle operazioni; e perchè se mai gli ausiliarii si accingono a partire, doppiamente si scoraggiano quelli che restano. Convinto il Morosini non esservi più nulla da sperare dai Francesi, volse ad essi le spalle, e ritornossene in Candia. Quivi raccolse il consiglio di guerra, per sentir se mai esser vi potesse qualche nuovo mezzo di resistenza. Mentre si stava disputando, i Francesi, il duca della Mirandola, e tutti gli altri ausiliarii approfittando del vento, reso favorevole, si posero alla vela; il che rese ognor più disperato il caso, e ognor più necessario per parte de' Veneti il ponderare le risoluzioni. Un solo tentativo venne proposto, e fu di trasportar a terra tutti gli equipaggi della flotta, per poter con quelli proseguire i lavori della piazza. Ma il Morosini fece conoscere, che in tal modo la flotta sarebbe perduta, e che altro non rimarrebbe a fare che bruciarla: che allora i Turchi diverrebbero padroni del mare senza più veruna opposizione: e che al contrario, conservando le forze marittime, potrebbesi forse un giorno renderle più vigorose, e tali da servirsene almeno per impedire i progressi degli Ottomani. A queste saggie osservazioni tutti si arresero, e tutti mestamente convennero, che dopo aver adempiuto ai proprii doveri in ogni conto, ed avere con magnanimi sforzi oltrepassata l'aspettazione generale; dopo avere sparso tanto sangue, e profuse sì esorbitanti somme, era ormai tempo di ceder Candia per cercar di salvare le poche vite superstiti di que' valorosi, che tanto le avevano esposte per la patria. Allora il Morosini, da grand'uomo, pensò di cangiar aspetto alla cosa, e di convertire questa cessione in un trattato di pace. Tenevasi autorizzato di poterla fare, poichè il Senato nelle sue commissioni gli aveva scritto di servirsi di tutt'i mezzi che credesse opportuni a vantaggio della Repubblica. Vi voleva però una gran finezza e direzione per ridurre i nemici a trattative sopra una piazza già perduta. La sua intraprendenza nemmeno per ciò lo abbandona; e spedisce un suo ajutante di campo al gran Visir, dicendogli: che informato delle condizioni di pace proposte al cavalier Molin, che non aveva autorità di segnarle, egli, che come capitan generale l'aveva ricevuta, manderebbe persone a trattare di quelle stesse condizioni, onde ristabilire la pace fra le due potenze. Il Visir si mostrò sorpreso di sentir ancora parlare di condizioni, mentre le insegne turchesche svolazzavano già sulle mura di Candia; ed aggiunse al messaggiere, che conveniva cangiar linguaggio e dimenticare il passato, e che allora forse non ricuserebbe di accordare qualche vantaggio per abbreviare una sì lunga guerra, e cambiarla in una solida pace.

Il Morosini partecipò ogni cosa al cavalier Molin, perch'egli pure procurasse di contribuire al vantaggio delle negoziazioni. Queste durarono dai 28 agosto sino ai 6 di settembre. Il Morosini seppe sì bene sostenersi, che ottenne al fine una pace, qual mai non sarebbesi potuta sperare dopo di aver tutto perduto. È ben vero, che convenne ceder Candia; ma accordavasi tutto il tempo per l'imbarco e per il trasporto di tutt'i cannoni della fortezza. Gli abitanti erano padroni di partire colla guarnigione e di portar seco i loro effetti. La Repubblica conservava tre porti nel regno di Candia colle isole adiacenti, e tutto ciò che acquistato aveva sulle frontiere della Dalmazia e della Bosnia, compresa pur anche la fortezza importantissima di Clissa; e finalmente le antiche relazioni di commercio e di amicizia furono ristabilite fra i due stati.

Segnata la pace, e restituiti a vicenda gli ostaggi, le truppe sì da una parte che dall'altra uscirono dai loro alloggiamenti, e parvero dimenticar affatto tutt'i mali sofferti ed ogn'inimicizia passata, per abbandonarsi fra loro alle più vive dimostrazioni di gioja, e di scambievole cordialità. Gli ufficiali si fecero tra loro de' piccoli doni di amicizia; il capitan generale ed il gran visir se ne fecero altresì. Ma un quadro ben diverso presentava alla vista il misero avanzo degli abitanti di Candia, ridotti a sole quattro mila anime. Vennero questi a presentarsi al comandante generale per ottenere d'essere anch'essi imbarcati. Dicevano di aver saputo tollerare con occhio fermo tutti gli orrori della guerra, la morte de' loro parenti ed amici, la rovina totale delle loro case, delle loro eredità, l'incendio del loro paese; ma che non potevano certo soffrire di dover piegare il collo ad altro giogo......... Imploravano dunque la grazia di poter, partendo di là, morire tranquillamente sotto l'obbedienza di un governo che adoravano, ed al quale offrivano quest'ultimo contrassegno della loro dedizione. Il Morosini fu vivamente commosso in udire sì nobili sentimenti, e ben vi riconobbe uno de' tratti antichi di quella gran nazione da servir di esempio in tutt'i tempi, e da eccitar l'ammirazione universale. Li confortò e li assicurò dell'aggradimento del Senato alla loro magnanima fedeltà. Loro fece tosto distribuire e alimenti e danari; prese sopra di sè l'impegno sacrosanto di procacciar loro dimora, terreno, ed alcuni particolari privilegi. Tutto fu accordato dal Senato. Si stabilirono in Istria.

Presto si compierono i preparativi per la partenza; poichè quindici galere e qualche feluca furono più che bastanti per contenere tutta la guarnigione, gli abitanti di Candia, le armi e i bagagli: ciò che fa conoscere, come osserva uno storico turco, il Raschid, lo stato miserabile a cui erano ridotti. Allorchè tutti furono imbarcati, un sergente maggiore e quattro ufficiali veneti misero i Turchi in possesso di Candia. Quale sorpresa fu mai per costoro di trovarla non solamente deserta, ma di non iscorgervi che un ammasso di pietre senza nessun punto di resistenza. Cominciarono allora a declamar altamente contro il visir, per avere sacrificato in tal modo l'onore delle armi ottomane, versato a torrenti il sangue, gettato tant'oro per ottenere con un trattato ciò che non poteva certo mancar loro con un lieve assedio. Il visir, informato di tali clamori, prodigò doni agli ufficiali, danari alla milizia; fece sgombrar le strade dei cadaveri e delle rovine, ridusse il duomo cattolico in moschea, e con ciò potè fare il suo solenne ingresso nella vuota Candia in mezzo agli applausi della milizia.

La costernazione in cui fu immersa Venezia al partir degli ausiliari, fe' sì, che la nuova della perdita di Candia fu ricevuta più con dolore, che con sorpresa. I senatori più illuminati l'avevano già preveduta, conoscendo lo stato in cui era ridotta; e d'altra parte consideravano, che stante tutte le forze ed i principali condottieri concentrati in un'estremità dello stato, e quindi rimanendo tutto il resto indifeso, maggiori pericoli potevano insorgere; ond'è che l'intero Senato concorse ad approvare la condotta del capitan generale, e gli scrisse lodandolo molto per aver sostenuto così lungamente e con tanta gloria l'assedio, e per avere sottoscritta una pace onorevole, e senza condizioni umilianti. Spedì le ratifiche della pace al visir ed al sultano, che furono confermate e giurate.

Terminata ogni cosa, il general Morosini si restituì a Venezia, dove fece il suo solenne ingresso, come procurator di san Marco, con una pompa straordinaria. Tutti gli abitanti vi concorsero.

Sventuratamente l'invidia, passione che molto alligna nelle Repubbliche, dove gli uomini di merito hanno più che in altri governi occasione di distinguersi, eccitò le mormorazioni contro questo benemerito cittadino. Li 19 settembre 1670, videsi nel maggior consiglio salir la tribuna un patrizio, che da qualche tempo rinunziato avea ad ogni pubblico impiego. Benchè godesse, qualche fama nelle lettere, non erasi però mai fatto ammirare pe' suoi lumi nella politica, e nell'amministrazione pubblica, e nemmeno nell'arte dell'eloquenza.. Tutti gli sguardi furon volti a lui, e si svegliò la massima curiosità. Egli cominciò dal compiangere la pubblica calamità per la perdita di Candia, tuttochè già ne fosse passato un anno; indi proruppe in atroci invettive contro il Morosini, che l'avea sì mal difesa; esagerò il sangue sparso, i tesori dissipati, chiamò infame la pace che avea segnata senz'autorità, ma solo di arbitrio proprio, ad esempio nocevolissimo in un governo repubblicano; e concluse, che volendo le leggi che chi cede una piazza renda conto della sua condotta in prigione, era giusto che a simil rigore si assoggettasse anche il Morosini, instituendosi processo, onde, riconoscere se, riguardo a Candia, si fosse stata mancanza di coraggio ed abuso del pubblico erario. Eccitò finalmente il gran consiglio a manifestare co' voti la volontà generale sulla parte proposta. Chi potrebbe mai credere, dopo quanto sin ora fu esposto riguardo al Morosini, che quasi tutt'i voti fossero concorsi nell'opinione dell'oratore? Ne seguì un tetro silenzio, e la seduta fu levata.

Un simile giudizio parrà un gran torto in una saggia Repubblica; ed in fatti li più prudenti cittadini ne furono molto afflitti. Conviene però considerare, che dall'antichità in poi furono sempre gli uomini oscuri che osarono i primi portar onta agli uomini superiori; e che gli emuli, e quelli che hanno qualche personale risentimento, prendono allor ardire, e si approffittano dell'occasione per soddisfare le loro private passioni. In questo caso poi le accuse si mascherarono sotto le apparenze di patrio zelo, e di grandezza d'animo. Citare in giudizio un cittadino potente per parentado, per favori ricevuti, per distinti impieghi sostenuti, per la sua stessa attuale dignità, era un'azione degna degli antichi tempi. Il gran consiglio doveva in oltre compiacersi, che fosse stata riconosciuta la sua autorità, appellandosi ad esso piuttosto che al Senato; e questo pure fu un tratto di somma furberìa dell'oratore. Il gran consiglio era poco informato degli affari di Candia; di più, essendo corpo numerosissimo, non potea a meno di non odorare alcun poco di popolo, quantunque composto di nobili. Era dunque molto più facile commuoverlo, aprendo piaghe non ancora bene cicatrizzate, sedurne il giudizio ed attrarne gli applausi. Difatti il giorno 23, allora quando il consiglio si radunò di nuovo per eleggere un Avogador di comun, l'accusatore del Morosini venne prescelto a pieni voti. Il Senato, per secondare il desiderio indicato dal gran consiglio, aveva subito eletto un inquisitore di probità e di zelo provato per esaminare gli affari di Candia. Ma il nuovo avogadore, prevalendosi dei diritti della sua carica, intromise la elezione, e propose, che il gran consiglio solo dovesse esserne il giudice. Vista la buona riuscita di questi primi passi, s'inoltrò poi a proporre fino l'annullamento del decreto ch'eletto aveva il Morosini in procuratore di san Marco, per essere elezione fatta in onta alle leggi, agli usi, ed all'intenzione pubblica; la qual'era stata di compensare il difensor di Candia, non chi l'avea ceduta; e provò che, al segnar del decreto, Candia era perduta. Aggiunse finalmente tutto ciò che poteva ricondurre gli spiriti all'osservanza delle leggi, e all'odio contro gli abusi. Giovanni Sagredo gli sorse contro, esponendo le magnanime azioni del Morosini, e gli utili servigj da lui prestati alla patria sin dalla prima gioventù; talchè il più de' cittadini avealo cominciato a conoscere per fama di valore prima che di persona, ed il governo non avea mancato di onorarlo della sua approvazione, come da molti documenti appariva. Aggiunse, che la difesa di Candia, sostenuta sì a lungo con deficienza quasi totale di forze, formava la meraviglia di tutte le età, di tutte le nazioni, ed avealo reso ben degno di una dignità, ch'essendo stata accordata dal Maggior Consiglio, non potevaglisi torre, prima che i suoi delitti non fossero stati evidentemente comprovati; che quanto alla pace segnata non eravi più che dire, poichè era stata approvata e ratificata dal Senato. Terminato questo discorso, si venne alla ballottazione; ma niente fu deciso in quel giorno, poichè i voti forono egualmente divisi. Due giorni dopo si tenne ancora radunanza, ed il nuovo avogadore ripetè la proposizione, scagliandosi fieramente, non pur contro il Morosini, ma anche contro il suo difensore Sagredo, e con frasi tanto oltraggianti, che svegliarono nell'assemblea una specie di fermento, sino a far temere che nascesse qualche scandalo indegno della maestà del luogo. L'eloquenza e la riputazione di Michele Foscarini fecero presto cessare il tumulto. Richiamò alla mente de' cittadini, che l'oggetto principale di chiunque ama veramente la patria esser deve quello di conservare la pubblica tranquillità e le regole della giustizia; che il procedere negli affari di Candia, era un atto di equità, potendosi in tal modo conoscere, o l'innocenza, o la colpa de' sudditi; ma che il momento e la maniera erano affatto inopportuni; che il dannare prima di procedere, il pubblicare la sentenza prima di conoscer la colpa, il degradar un cittadino rispettabile prima di averlo trovato reo, tutto ciò era operare contro le leggi, e introdurre detestabili innovazioni; che alla Repubblica poco importava, fra tanti procuratori di S. Marco, avervi anche il Morosini ma che la preservazione di questa dignità al Morosini le premeva moltissimo, perchè influiva ad allontanare le dissensioni, e le amarezze atte a turbare la tranquillità pubblica e privata. Eccitò quindi il Gran Consiglio a manifestare la sua total dissuasione alla proposta; ciò che riuscì colla pluralità de' voti, ed il Morosini conservò la sua dignità di procurator di san Marco. Allora l'avogador ritirò tutt'i suoi atti, e l'inquisitor Erizzo, ch'era già stato scelto per formare il processo, riprese l'esercizio della commissione avuta. Non s'arrestò sul fatto della pace conclusa, perchè v'avea l'assenso del governo, e limitossi alle due accuse: quella di aver debolmente difesa Candia, e l'altra di aver male amministrato il pubblico erario. L'esame fu de' più rigorosi; i testimonj chiamati da ogni ceto di persone furono infiniti; e dopo tutto questo il Morosini rimase pienamente assolto, e così vie meglio sfolgorò la luce de' suoi meriti, e la sua irreprensibile condotta.

Ecco qual fine ebbe un affare cominciato per privato astio, continuato per passione, e compiuto con tutto il rigore dell'ordine. Esso offerse un nuovo esempio di equità e di fermezza nel governo; poichè nè la grande autorità dell'accusato, nè la veemenza dell'accusatore, nè il favor dei partiti ebbero forza bastante per confonder le leggi, e per produrre qualche avvenimento capace di lasciare funeste rimembranze.

Acquietate le male intelligenze, e liberati dal peso di un'acerbissima guerra, i Veneti cercarono allora di approffittare della ricuperata tranquillità col ravvivare il commercio, ristabilire la marineria, rimediare alle sconcertate finanze, e richiamare infine la nazionale felicità.

Avvenne intanto l'alleanza di Luigi XIV coll'Inghilterra, diretta a far la guerra all'Olanda, ch'ebbe l'appoggio della Spagna; nel tempo stesso gli Ungheri, oppressi dal giogo della schiavitù, ottennero l'assistenza de' Turchi. L'imperatore per opporvisi fece lega co' Polacchi, e ciascuna potenza invitò i Veneziani ad unirsi seco in amicizia. Ma la Repubblica non amava di prender parte alcuna in questo generale trambusto. Sentivasi troppo disgustata dell'infedeltà, delle gelosie di quelle grandi potenze, per voler arrischiare di nuovo di entrare in confederazione con esse. Aveva adottato il sistema di tranquillità, e intendeva di sostenerle, a costo anche di perdere quell'influenza politica che sin'allora avea goduta. Tuttavia le tentazioni di rinunziarvi non erano nè poche, nè lievi. I Turchi violavano impunemente l'ultimo trattato; rispondevano con alterigia alle rimostranze de' nostri ambasciatori, proteggevano i corsari barbareschi contro il nostro commercio, ed alfine, per qualche differenza accaduta ai confini della Dalmazia, la Porta minacciato avea la Repubblica, e ordinato di visitare i suoi vascelli come sospetti. Nell'anno 1683 le cose erano arrivate a tal punto, che il Senato conobbe di non potere, senz'assolutamente disonorarsi, tollerare più a lungo tanti oltraggi. Un avvenimento favorevole trasse i Veneziani da ogni incertezza.

Le truppe unghere, congiunte alle ottomane, formavano un'armata di 200,000 combattenti, che recatasi sotto le mura di Vienna l'aveva stretta in guisa, che già quella gran capitale era sul punto di arrendersi, quando il valore inaudito di Giovanni Sobieski re di Polonia giunse a liberarla. Immenso fu il giubilo di Cesare, come pure di papa Innocenzo XI, che ben conobbero da qual procellosa ed orrenda bufera erano scappati. Ma per assicurarsi maggiormente per l'avvenire, si applicarono entrambi col massimo ardore ad ottenere l'alleanza della Repubblica; poichè pel dominio che aveva sul mare, molto valeva a reprimere gli sforzi degli Ottomani, che miravano ad illimitate conquiste. Vinta dall'efficacia de' maneggi essa si determinò ad accettare i pressanti inviti; e nel mese di marzo del 1684 segnò l'alleanza offensiva e difensiva coll'imperatore. Non fu pura vista di particolar interesse che a ciò l'inducesse, ma la generosa speranza, che una lega delle tre potenze più formidabili contro il Turco, ch'era stata per secoli inutilmente tentata, dovesse finalmente abbattere, o almeno indebolire l'impero turco a grandissimo vantaggio di tutta la cristianità. Prima condizione del trattato si fu, che ciascuna delle parti contraenti rimarrebbe in possesso, dopo la pace, di quanto si fosse acquistato.

Si allestirono subito in Venezia 24 vascelli di linea, 28 galere e 6 galeazze. Non ci fu troppo che pensare sull'elezione del comandante. Il voto comune concorse a favor di quello, ch'era stato il flagello de' Turchi nell'ultimo assalto di Candia. Francesco Morosini fu ben felice di poter ancora una volta rendersi utile alla patria; e considerò questa nomina, come un'evidente prova che il governo tanto fidava nel suo zelo, da non temer che conservasse alcun rammarico pei torti di fresco ricevuti.

Il capitan generale nel giorno 8 giugno del 1684 s'imbarcò, e venne accompagnato da tutto il patriziato, e da un concorso straordinario di persone di ogni classe, che non cessavano di acclamarlo e benedirlo durante tutto il suo viaggio sino al Lido. Colà aspettavalo tutta la flotta. Que' vascelli, quelle galee ed altri legni schierati e pronti alla vela, quella vasta laguna formicolante di barchette e battelli d'ogni sorte, offrivano uno spettacolo, che mal si potrebbe con penna descrivere.

In pochi giorni la flotta giunse a Corfù. Venne rinforzata dalle galere del provveditor generale delle isole, e di alcune altre pontificie e maltesi. Il Morosini risolse di andar subito ad attaccare l'isola di santa Maura, altra volta chiamata Leucade, cui la morte di Saffo rese mestamente famosa; fortezza importantissima, ma che pur, dopo diciotto giorni di resistenza, fu costretta ad arrendersi. Quando ne giunse a Venezia la nuova, inesprimibile fu la gioja. Questa prima vittoria si tenne come felice preludio di molte altre. Fu cantato il Te Deum con tutta solennità; si accesero fuochi d'artificio, ed il popolo si diede a tutta la letizia.

Il Morosini seguì il corso delle sue imprese. In pochissimo tempo acquistò molte castella, come Vomizza, Valpo, Natolicò, Missolongi ed altre nel paese di Zaroméro nell'Acarnania. Animato da così prosperi successi propose di assediar Prevesa. I lavori per aprir la breccia furon difficilissimi, ma finalmente dovette anch'essa cedere. Con questa conquista fu dato fine alla campagna.

Nell'anno 1685, il Morosini si accinse ad attaccare Corone, una delle principali piazze della Morea, e trovò tutti dispostissimi a secondarlo. Sbarcò ottomila uomini sulla costa, e in pochi giorni la piazza era già investita. Ma nel momento di sottommetterla si seppe, che il bassà Mustafà era per arrivarvi con nove mila uomini. Il Morosini leva subito il campo, marcia ad incontrar il nemico, e sorprende di notte i Turchi addormentati nel loro campo. Risvegliati in tal modo, il loro spavento è generale; tutti prendono la fuga senza combattere, e abbandonano l'artiglieria, gli stendardi, le tende, i bagagli, e trecento cavalli in poter de' Veneziani. Questi gl'inseguono, e ne fanno una grande carnificina. Il Morosini rientra nelle sue linee, ed intima alla guarnigione di arrendersi. Essa non risponde che con ingiurie. Immagina egli allora di far giuocar una mina di 250 barili di polvere. Questa vi aperse una gran breccia. I Veneti danno subito l'assalto alla fortezza, ma vengono respinti con molta perdita; pure si preparano a dare il giorno dopo un nuovo assalto; a questo la guarnigione è costretta di spiegare il vessillo bianco. Mentre discutevasi sulle condizioni della capitolazione, un colpo di cannone parte dalla piazza ed uccide alcuni soldati veneti ch'erano vicini al comandante. Il furore s'impadronisce di tutti gli animi; non v'è più freno; conviene punire un tradimento così infame. Tutti si gettano disperatamente dentro la piazza, e nel primo accesso di rabbia, non la perdonano nè a sesso, nè a età; passano a fil di spada quanti incontrano. Le strade sono piene di sangue e di estinti; la natura freme a tanto strazio, e troppo tardi nasce il consiglio di aggravar di ceppi que'che vivono ancora.

La presa di Corone, e l'acquisto fatto di artiglieria, di munizioni da guerra, di un gran numero di schiavi buoni al remo, fecero crescere a mille doppj il giubilo ne' Veneziani. Tutti accorsero al molo per veder la feluca apportatrice di sì bella nuova, e a godervi pur anche lo spettacolo delle insegne e spoglie ottomane ond'era coperta. Tra que' trofei vedevasi lo stendardo a due code preso al Seraschiere. Questo fu esposto sulla porta maggiore della Basilica di san Marco alla vista del popolo. Indi si decretò, che il doge, accompagnato dalla signoria e dal senato, andasse nelle forme più solenni alla chiesa de' PP. Teatini, dove dopo la Messa cantata, ed il Te Deum fosse deposto lo stendardo vicino all'altare di san Gaetano: "perchè risplenda a perpetuo testimonio della pubblica venerazione verso la miracolosa intercessione di esso santo, ed a gloriosa memoria di così decoroso successo". La ricompensa avuta dal general comandante fu nobilissima. Ecco ciò che gli fu scritto: "Il Senato per assicurarvi della sua piena soddisfazione ai vostri servigj, ne ha fatto goder un attestato verso il dilettissimo nobile nostro Lorenzo Morosini vostro fratello, con il fregio di cavalier di san Marco, maggiormente decoroso, perchè acquistato con i vostri sudori e perchè premio del vostro singolar merito".

Dopo la caduta di Corone tutta la squadra trovavasi alla vista dell'antica Sparta: luogo limitrofo alla provincia di Maina, la cui popolazione conservava ancora i sentimenti generosi dei loro antenati; quindi colà detestavasi il dispotico dominio de' Turchi, e riguardavano i Veneziani come futuri loro liberatori, ed i Veneziani riguardavano le buone disposizioni de' Mainotti come vantaggiosissime ai loro particolari interessi. Unitisi dunque fra loro si ajutarono reciprocamente, e costrinsero la città di Zamata ad aprire loro le porte. L'Agà, che vi comandava, andò ad umiliarsi al generale Morosini, e gli presentò la sua spada. Eguale facilità non trovossi già nel conquistare la fortezza di Calamata. Convenne attaccare il capitan Bassà, che alla testa di dieci mila uomini occupava una eccellente posizione. Fu battuto, e la fortezza cadde. Poscia Chielafà e Passava caddero anch'esse, ed in questo modo si compì la conquista di tutta la provincia di Maina.

La stagione essendo di già molto inoltrata, il capitan generale entrò nei quartieri d'inverno a Corfù con tutta la sua squadra, che aveva gran bisogno di riposo dopo le fatiche sostenute con tanto ardore. Anche il Morosini trovavasi estremamente indebolito, particolarmente per le molte ferite ricevute in più incontri. Avanzò egli per ciò le sue supliche al Senato onde poter ritornare a Venezia; ma il governo, trovando utile ch'egli si fermasse nel suo posto, ricusò l'inchiesta, con espressioni però cosi onorifiche da ravvivare le abbattute sue forze, e deciderlo a tentare qualche nuova impresa che superasse tutte le precedenti. Idea degna di lui fu quella natagli di conquistar tutta la Morea. Nulla poteva esservi di più atto ad innalzar l'anima a grandi imprese, quanto l'aspirare al possesso di quella culla di eroi, che aveano dato una celebrità perpetua alla Grecia; di quel teatro di magnanime azioni, che avea veduto rinculare il Giove persiano, e fattolo tremare sul proprio trono. Trattavasi anche di snidare di là, con deboli mezzi, una potenza formidabile al pari della persiana, di rimettere gli abitanti sotto l'obbedienza di sante leggi, e di ridonar loro sentimenti e costumi da renderli felici. Un così nobile disegno venne approvato da tutta l'armata con vivo entusiasmo, e giurarono tutti di fare ogni sforzo per la buona riuscita. Il capitan generale condusse tutta la sua flotta verso Lepanto, facendo mostra di volervi fare uno sbarco per attirarvi il nemico. Intanto s'impadronì dei due Navarini, che non erano mai stati conquistati dacchè si trovavano sottomessi ai Turchi. Vedendo il Morosini che questi fuggivano da ogni parte, volle intraprendere l'assedio di Modone, fortezza rispettabile, difesa da numerosa guarnigione e da una gran quantità di cannoni. La resistenza fu somma; ma finalmente dovette essa umiliare il suo barbaro orgoglio sotto il possente braccio de' nostri. L'acquisto di Modone fu importantissimo; poich'essa univa, come gli anelli di una catena, tutte le altre piazze, toglieva al nemico una posizione vantaggiosa sul mare, e somministrava intorno 4000 uomini pel servigio delle galere. Il Morosini senza perder tempo seguì il corso della vittoria, e tentò d'impadronirsi di Napoli di Romanìa. Non ignorava già, che il gran Seraschiere era in viaggio per recarsi colà con buon polso di gente, e che il luogo, forte per sè, rinchiudeva grossa guarnigione, e cittadini famosi per coraggio e per intrepidezza. Pure nulla lo arresta; giunge a Tulone quattro miglia distante da Napoli, fa sbarcare la milizia, e mette il blocco alla piazza. I difensori vogliono, prima ancor dell'arrivo del Seraschiere, mostrar che hanno un gran cuore per saper rispingere ogni aggressione. Oppongono forza a forza, ma poi sono costretti a ritirarsi. Intanto giunge il gran Seraschiere; dispone immediatamente la sua truppa, che consisteva in 4000 cavalli e 3000 fanti, ne ordina la marcia, e tutti si mostrano ansiosi di battersi in aperta campagna. I Veneziani, moltissimo inferiori di numero, non avrebbero dovuto arrischiar la battaglia; pure il Morosini, vedendo l'ardore di tutti i suoi compagni d'armi, fa discendere a terra due mila uomini dell'equipaggio, e uniti alla milizia, marcia diritto contro il nemico. Comincia il combattimento: la cavalleria turchesca sforzasi da fronte e da' fianchi di rompere i battaglioni veneziani, ma questi sono impenetrabili, e la loro artiglieria colpisce sì giusto, che il nemico spaventato volge le spalle, e, cominciando dal Seraschiere, tutti si danno ad ignominiosa fuga, lasciando il terreno coperto de' loro morti. Subito dopo fu presa la fortezza d'Argos. Indi si raddoppiarono le offese contro Napoli, gettandovisi almeno 500 bombe al giorno, oltre il continuo tormento di dodici cannoni da 50. Ad onta di tutto questo, la fermezza degli assediati era mirabile; ma più la conquista appariva difficile, più cresceva l'ardore negli assedianti; nè mai cessava il fuoco dell'artiglieria. Se non che nel punto che la piazza stava per cedere, ecco scender dal monte Palamida il già profugo Seraschiere, e con dieci mila uomini schierarsi in buonissimo ordine di battaglia. Urli disperati precedettero l'attacco; ma i Veneti, avvezzi a quelle barbare grida, non si atterriscono, ed animati dal loro prode condottiere fanno prodigj di valore. Il combattimento fu più dell'altro terribile. Per tre ore continue durò la carnificina, resa ancor più crudele dall'arma bianca. Finalmente i Turchi furono costretti a ritirarsi, lasciando sul cammino e morti e agonizzanti. A grande stento appena mille poterono essere curati delle ferite. Tutti gli storici si accordano nel dire, che dalla parte dei Veneti tra morti e feriti non giunsero al numero di 350.

Riunita tutta la truppa, il general comandante la ricondusse a rinnovare gli attacchi di Napoli di Romanìa, e strinse ognora più quella piazza, flagellandola con cannoni, con bombe, con sassi. E per ispaventare ancora più gli abitanti, adottò il barbaro uso de' Turchi, di mostrar quantità di teste de' loro nazionali, piantate sopra lunghe lancie, quasi indizio di ciò che aspettar si dovevano essi pure, se presto non cedessero quella piazza. Poco infatti stettero a spiegare il vessillo bianco su quelle mura tutte traforate. Cessarono tosto le ostilità; segnossi il trattato per la resa, ed i Veneziani entrarono in Napoli di Romanìa, che trovarono molto bene approvvigionata di cannoni e d'altro, qual conveniasi alla capitale della Morea, ed al soggiorno dei bascià. Mustafà, che n'avea avuto sin allora il comando, e Alessandro suo fratello, che per alcun tempo era stato bascià della Morea, e che l'anno prima avea ceduta ai Veneziani la fortezza di Chielafà, non vollero più rimanere ne' paesi ottomani; troppo sicuri di non poter evitare il fulmine che stava per iscoccare sulle loro teste. Chiesero dunque entrambi di porsi sotto la protezione della repubblica, e d'imbarcarsi colle loro famiglie sopra i nostri vascelli per trasferirsi a Venezia, dove contavano di finire i loro giorni. Il Morosini accordò loro volentieri tale inchiesta, particolarmente parendogli un bel vanto, che l'orgoglioso sultano vedesse i suoi stessi comandanti sottrarsi alla durezza del dispotismo, e darsi in braccio al nemico colla sicurezza di godervi una felicità non mai più provata. Piacquegli anche la cosa, perchè l'esempio potea commuovere altri comandanti, e quindi facilitargli l'acquisto di altre piazze.

All'annunzio di tutti questi prosperi avvenimenti, non si tardò a Venezia a rendere all'Ente Supremo i consueti ringraziamenti. Indi per più giorni in tutte le contrade della città si fecero spettacoli, ed altre dimostrazioni di gioja. Il Senato poi, per ricompensare il merito del general comandante, creò cavalier di San Marco il suo nipote Pietro Morosini, che già da molto tempo serviva nelle armate, e ch'era allora tenente generale. Volle altresì, che una tale decorazione fosse perpetua nella famiglia.

Al principiar della nuova campagna, la squadra si diresse alle rive di Patrasso. Trovò che i Turchi si erano riordinati, ed approntati a combattere. Nello spazio di due ore (a quel che ci assicurano gli storici) ebbe luogo la zuffa, la disfatta, e la fuga de' Turchi. I Veneziani si resero padroni di Patrasso e di Lepanto co' suoi forti ed i suoi famosi Dardanelli, ed in oltre di dugento miglia di circonferenza nel golfo di Lepanto, ch'era un asilo di barbari pirati, e l'unico ridotto in que' mari delle armate nemiche. Poscia il Morosini, inteso avendo che il gran Seraschiere erasi rifuggito a Corinto coi pochi soldati che gli rimanevano, risolse di corrergli dietro colla sua flotta; ma prima ancora di giungervi, seppe che il Seraschiere aveva abbandonata la piazza e ripassato l'Istmo. Immediatamente quindi se ne impadronì, e ne fu ben contento, perchè Corinto era riguardata come la chiave di tutta la Morea. Postavi dentro forte guarnigione, intraprese il giro della Morea, nè trovò altra opposizione che a Malvasìa. La stagione essendo troppo inoltrata, non si arrischiò di tenersi ancor in mare, e si trasferì nel golfo di Egina.

Non si potrebbe abbastanza descrivere gl'immensi vantaggi riportati da tutte queste conquiste, anche in cannoni, munizioni, viveri, schiavi liberati, uomini atti al remo, galere, ed un gran numero di spoglie nemiche, fra le quali il principale stendardo a tre code del gran Seraschiere. Servigj sì segnalati meritavano distintissime ricompense. Ne furono distribuite a tutta l'armata. Ma per chi era stato alla testa d'imprese così luminose, occorreva qualche cosa di straordinario; e per ciò, con unico esempio, fu decretato che nella sala del Consiglio di X si deponesse lo stendardo a tre code, e che vi si erigesse la statua del Morosini in bronzo con questa inscrizione:

FRANCISCO MAVROCENO

PELOPONNESIACO

ADHVC VIVENTI

SENATVS.

Così il Morosini fu eguagliato agli antichi trionfatori romani, che dai vinti regni onoravansi del titolo ora di Cretico, or di Numidico, di Dalmatico, di Africano, ecc. Pure sembrò al Senato, che per un ardente repubblicano sarebbe stato ancora più soddisfacente una dimostrazione più semplice di pubblico aggradimento. Quindi fece che nella ducale fossero aggiunte queste parole: I vostri servigj meritano che per la seconda volta vi lodiamo col Senato.

Colmato di tanti onori, si sentì il Morosini sempre più infiammato, s'era possibile, a proseguire il corso delle vittorie. Conquistò molte castella, bombardò, passando, Malvasìa che ancora resistette, e sottomise la fortezza di Misistrà, situata dov'era la celebre Sparta, che lungi dall'offrire ancora qualche traccia dell'antico valore, si vide, a somma vergogna de' suoi moderni dominatori, cedere in una sola volta ai Veneziani più di 700 Turchi, i quali furono messi in catene, e spediti a Venezia come novella prova dell'influenza de' governi sullo spirito e il carattere delle nazioni.

La stagione troppo avanzata tenea incerto il capitan generale sulle operazioni da farsi. Raccolse il consiglio di guerra, e fu preso di attaccar Atene anche per potervi fare svernar l'armata nel capace e sicuro suo porto. Egli dunque a quella volta diresse le sue vele, ed il giorno 21 settembre 1687 entrò nel famoso Pirèo, già munito da Temistocle quand'era capo della Repubblica. Esso, che ora chiamasi Porto Lione, dalla statua d'un leone antichissimo che lo abbellisce, comprende in sè altri due piccioli porti, ed una volta univasi alla città con una muraglia lunga cinque miglia. Tosto il generale intima la resa della città; ma gli ottomani, ben provveduti di viveri e di munizioni, ed in aspettazione del Seraschiere che da Tebe doveva recar soccorsi, rispondono fermamente di volersi difendere sino all'ultimo sangue. Fu dunque necessario sbarcar le milizie, e tutti gli attrezzi occorrenti per battere la cittadella, in cui il nemico si tenea rinchiuso. Ardua era l'impresa, poichè il sito suo, in cima ad uno scosceso monte, rendevala inaccessibile da ogni parte, tranne che da quella della porta d'ingresso. Quivi fu preso d'attaccarla; ma come inalzar trincee se il fondo del suolo era puro macigno? Il genio supplisce a tutto. Furono immaginate certe gallerìe superficiali atte a produrre il medesimo risultato dei ridotti. Compiuto il difficile lavoro, cominciossi a fulminare la città con bombe e cannoni; ma ben presto si conobbe, che le bombe cadevano a vuoto, onde fu d'uopo trasportar le batterìe in luogo più opportuno. Nell'atto che ciò eseguivasi, si vide tutto ad un tratto scoppiare un grand'incendio nella fortezza, nè dubitossi che l'accidente non avesse fatto cadere alcune delle bombe sopra il deposito della polvere; onde fu risoluto di proseguire l'attacco del sito medesimo. I Turchi si misero alla disperazione. Più di dugento persone, che colle loro famiglie si erano ricoverate nel tempio di Minerva prossimo alla polveriera, erano tutte perite nella tremenda esplosione, e quel grandiosissimo edifizio stesso era in parte rovinato; le sue mura perforate, la maggior parte delle vicine fabbriche rovesciate, tutto infine minacciava la distruzione totale della fortezza, nè altro rimaneva a fare a que' miseri abitanti, se non che spiegare il più presto possibile bandiera bianca; il che fecero, mandando insieme al general comandante cinque de' loro primarj uffiziali come ostaggi, per ottenere la sospensione. Praticati i maneggi, venne accordato che nel termine di cinque giorni partissero i Turchi, lasciando i Mori e gli schiavi cristiani; che noleggiassero a loro spese i bastimenti per essere trasferiti a Smirne, e che portassero seco quel tanto, e non più, che ciascuno potea tenere indosso. Numerose famiglie preferirono di rimanere ne' loro focolari; e solo supplicarono di poter purificare la loro anima coll'acqua del Battesimo, ciò che il Morosini accordò di buon grado, facendo anzi celebrare la religiosa cerimonia colla maggiore solennità e magnificenza, affine di colpire i sensi della moltitudine, e con questo mezzo determinar altri ancora a seguire il bell'esempio.

Fatti padroni i Veneti della maravigliosa Atene, erano smaniosissimi di ammirare co' loro proprj occhi le sue antichità sì decantate per tutto l'universo. All'avvicinarsi al tempio di Minerva, detto il Partenone, rimasero stupefatti della maestosa mole, ma insieme dolenti del danno che senza saperlo recato gli avevano. Chi immaginar poteva darsi uomini tanto barbari, da piantare il deposito della polvere presso quel venerabile monumento? E chi sarà più barbaro ancora, che osi immaginare che un veneziano, un Morosini, cercato abbia deliberatamente di distruggerlo? Egli con tutt'i suoi ufficiali ammirò a parte a parte quanto ne rimaneva col più vivo entusiasmo. Osservò in un fregio rappresentata Minerva fra molte altre figure, quale Dea delle scienze, e per ciò senza elmo e senza scudo. Stava seduta sopra un carro trionfale tirato da due spumanti destrieri, che col loro brioso aspetto incantavano i riguardanti. Subito si affacciò alla mente di quel grande il pensiero di Costantinopoli; e senza più, comandò che di quel prodigioso lavoro di Fidia, levata venisse la parte anteriore, per trasferirla seco in patria. Staccati che furono i cavalli, l'uno di essi piombò a terra, e s'infranse in minute schegge. Con ciò rimase sì guasta e deformata quella stupenda unione, che venne per disdegno sospeso ogni ulterior tentativo; nè si sa, che fuori dei due lioni, che si vedono situati alla porta dell'Arsenale, altro sia stato allora recato a Venezia da Atene. Forse ciò avvenne per il breve soggiorno che il Morosini vi fece, a cagione della pestilenza che cominciava colà ad infierire, e che il costrinse per la comune salvezza ad abbandonare ben presto quella città, ed il porto stesso. Ignorasi pertanto su qual documento si fondasse l'asserzione, ch'egli spogliato abbia l'attico Pireo di quanto eravi di prezioso. Sarebbe stata grande avventura per li Veneziani, che ciò avesse fatto, perchè così avremmo potuto aggiungere alle spoglie in prima conquistate d'una gran parte della Grecia e di Costantinopoli, ed ultimamente di Corinto e di Sparta, anche quelle di Atene. Nè certo avrebbe alcuno osato chiamarlo conquistator tirannico ed usurpatore insaziabile; che anzi sarebbesi giudicata azione pietosa e plausibile il levare dalle mani di un popolo barbaro, che nulla sapeva apprezzare, sì rari oggetti delle arti belle, quando Venezia sarebbesi fatta una gloria di possederli e di conservarli con gelosia. La venerazione per queste insigni reliquie è innata in noi. Quanti musei e pubblici e privati, qui non si trovano ad attestare tal verità? Che se gran parte di que' tesori, ben più preziosi delle gemme e dell'oro, sono adesso passati, per le vicende de' tempi, ad ornare ed arricchire famiglie e gabinetti stranieri, possiamo tuttavia far pompa ancora di molte cose rare e distinte, e particolarmente di quelle che con somma gentilezza e sapere mi vennero indicate dal chiarissimo bibliotecario della Marciana sig. abate Bettio. Queste serviranno mai sempre di luminose prove delle nostre vittorie, ecciteranno l'ammirazione dei dotti, e ci laveranno da quella ingiusta macchia di aver voluto con disegno premeditato distruggere il tempio di Minerva, e la sua statua stupenda.

Dal Pireo passò il Morosini ad isvernare nel porto di Egina. In questo frattempo morì il doge Giustiniani. Qual cittadino avrebbe mai potuto vantare servigj tali verso la patria da eguagliare quelli di Francesco Morosini? Nessuno osò di porsi sulla lista de' candidati per la nuova elezione di doge, e Francesco Morosini ebbe tutt'i voti. Era ben giusto, che quello che avea dato un regno alla Repubblica, fosse cinto del diadema ducale. Trovossi nondimeno necessario, ch'egli proseguisse a starsene al comando delle armate, e per ciò il Senato gli spedì un suo segretario per annunziargli la sua esaltazione al dogado, recargli il berretto ducale, e l'anello d'oro col sigillo, che i dogi dovevano sempre portare in dito; aggiungendogli la prescrizione di non abbandonare il suo posto. Il Morosini ricevette quest'ultimo premio da uomo di gran cuore, che si sente animato da una nobile emulazione di superare quanto aveva sino allora operato.

Il giorno 26 maggio 1688 vestì egli le insegne ducali sopra un seggio elevato sotto la poppa della sua galera, dove ricevette con grande solennità tutt'i capi di mare, che poscia si schierarono in fila dall'una e l'altra parte del trono. Indi furono ammessi tutt'i primati sì di Egina, che delle sue vicinanze, accorsivi per presentare a sua Serenità le loro felicitazioni. Tutti furono trattati con freschi squisiti ed abbondanti. All'armata poi, ebbra di gioja per averlo ancora a suo comandante, fece distribuire, del suo proprio erario, bella somma di danaro, e copia di vino, il che per tre sere venne ripetuto; ed in tutte le tre sere si fecero scariche di moschetto e di cannone, gran fuochi di gioja in mare ed in terra; varie illuminazioni delle galere, galeazze e navi, le cui antenne e pennoni formavano nell'oscurità della notte una assai dilettevole vista. La seconda sera sopra alcune barche fu eretta una superba macchina rappresentante un vaghissimo giardino, nel cui mezzo sorgeva un'altissima piramide di fuochi artificiali, donde uscivano mirabili scoppj, e voli di razzi in mille forme diverse. Nella terza sera, la illuminazione fu fatta a cera, il che riuscì di una magnificenza somma, e di un effetto sorprendente. In terra si vedea una gran figura di lione in atto di squarciare la luna; ed in mare una gran fortezza con alta moschea, e figure all'intorno, che stavano per difenderla dall'attacco; ma essa vinta da que' di fuori, s'incendiò gittando globi di fuoco vaghissimi che, insieme con la moschea, distrussero tutto il recinto.

Dopo tali feste, il doge salpò da Egina per andare ad investire Negroponte, e v'incontrò un vivissimo combattimento, con perdita considerabile de' Turchi; ma dovette abbandonare l'impresa per la grave malattia che a lui sopravvenne, ed ancor più per quella di tutti gli equipaggi. Recossi dunque colla flotta a Napoli di Romanìa. Quando il Senato ebbe avviso della sua mala salute, spedì colà altro soggetto in figura di provveditor generale, perchè, in caso di disgrazia, fossevi pronto un sostituto. Ma esso si ristabilì un poco, ed anzi scrisse al Senato, chiedendo la permissione di ripatriare. Mentre aspettava la risposta, volle tentar nuove imprese. Andò a bloccar Malvasìa, e sì fortemente la strinse, che impossibile se le rendea qualsiasi soccorso; il che non facea dubitare, che sarebbe quanto prima caduta, come di fatti avvenne assai presto sotto il suo successore.

Le indisposizioni del Morosini non cessavano, ond'egli senz'aspettare la licenza del Senato (che pur era in viaggio) pensò prender congedo dall'armata ed avviarsi a Venezia. Pervenuto l'avviso della sua partenza, il governo studiò subito qual incontro gli convenisse, proporzionato alla sua dignità ed al suo merito. Cominciossi dall'eleggere dodici patrizj tra i più giovani, belli e ricchi, ai quali fu dato l'onorevole titolo di ambasciatori, perchè andassero con tutta pompa e nelle loro rispettive peote ad incontrar il doge al Lido, il complimentassero a nome della Repubblica, ed avessero cura che tutto procedesse con buon ordine e decoro corrispondente all'importanza della funzione, indi lo accompagnassero a Venezia. Fu poi preso che la Signoria ed il Senato, saliti sul gran Bucintoro, anderebbero un po' dopo a riceverlo; e si fissarono in oltre tutte le altre cerimonie dell'incontro, non che quelle da farsi al suo arrivo a Venezia.

Dopo sessanta giorni dalla partenza, giunse sua Serenità a Malamocco, e vi si fermò la notte. Il giorno dopo, all'ora di terza, s'avviò verso il porto del Lido. Stava egli sopra una delle galere del comandante Turco, presa a Napoli di Romanìa. Quest'era ornata colla maggior magnificenza, e ciò ch'è più, colle spoglie nemiche. Vedevansi fanali, armi, code di Seraschieri, stendardi in quantità, striscianti sull'acque. Le galee che lo seguivano erano anch'esse predate agli Ottomani, e nello stesso modo guarnite. Non è esprimibile qual fosse la gaiezza dello spettacolo, che presentò questo solenne ricevimento. Immaginiamoci di vedere sopra la vastità della laguna due lunghe file di galee paviglionate a festa. Il Bucintoro già per se stesso tanto maestoso, ed ancora più per la dignità di chi lo riempiva; le dodici peote de' giovani ambasciatori, ricche per intagli dorati, per la profusione di stoffe di seta, frange d'oro e d'argento, piume variopinte, ed abiti sfarzosi de' remiganti. Altre peote non poche delle prime famiglie patrizie pur nobilmente addobbate, ed in esse le nostre matrone in gran gala, e coperte di gemme, che per lo riverberar del sole mandavano scintille, e accrescevan lustro alle loro fisonomie; un tappeto finalmente di barche d'ogni fatta disteso sulla superficie dell'acque, e fra esse fino que' verdeggianti battelli donde uscivano grida ed applausi sì strepitosi, da superar quasi il rimbombo delle artiglierie, fu questa la pompa trionfale che accolse il nostro eroe. In mezzo a gioja sì universale e sì spontanea egli pose piede sul Lido. Ivi si praticarono le cerimonie già prima convenute; ed intanto che il doge prendeva un rinfresco, le barche si diedero a corseggiare sotto le finestre della sala dov'egli si stava, e fra esse alcuni grossi legni rappresentanti varie nazioni, contraddistinte da' loro bizzarri abiti, come se tutti que' personaggi fossero venuti da lontani paesi ad aumentar l'allegria della festa. Quando parve che la curiosità comune potesse esser paga, apparvero i giovani ambasciatori, che, con volto composto a gravità, ordinarono a tutta l'immensa turba di ritirarsi, lasciando uno spazio vuoto nella laguna. Non occorsero repliche: un solo cenno autorevole equivalse a tutte le minacce della forza. In un attimo la laguna per buon tratto fu sgombra, ed allora cominciò una finta battaglia di galere; spettacolo militare ben degno di festeggiar l'ingresso di tanto vincitore.

Finito anche questo, il Doge ascese il Bucintoro col suo seguito, ed in mezzo ad uno strato di gondole, ed accompagnato dalle galere e dalle peote, venne alla Piazzetta, ove smontò passando sotto un arco trionfale. La gran piazza era tutta ornata di festoni di lauro, e di stoffe rare e magnifiche. Due vaste fontane gettavano vino, nè si disseccarono se non dopo tre giorni. All'intorno della corte del Palazzo Ducale vedeansi disposte molte tele dipinte dai nostri più eccellenti pittori, ed i soggetti delle pitture erano le gesta più luminose del capitan generale. Poich'egli ebbe ascesa la scala de' Giganti, si compierono con lui le cerimonie usate con tutt'i Dogi, ed al fine fu condotto a' suoi appartamenti per prendervi qualche riposo.

La sera v'ebbe pubblico festino nel Palazzo Ducale, che si ripetè per tre giorni mattina e sera, e di cui sarebbe inutile descrivere le particolarità, siccome cosa che allo stesso modo praticavasi, a un dipresso, fino ai nostri giorni in simili occasioni. Non potrei però lasciar di parlare della maniera con cui furono guernite alcune sale per ordine del Governo. Tutte le pareti furono coperte di spoglie nemiche, che lo stesso Francesco Morosini acquistato avea. E chi potea fissare lo sguardo su quelle, senza sentire in sè un nobile orgoglio di essere concittadino di un tanto eroe, e di appartenere ad una così illustre Repubblica?…

Queste feste passaggiere non bastarono ad appagare le generose idee del governo. Volle che ce ne fosse una annua, per cui nella memoria de' posteri si serbasse eterna la gloria d'un acquisto sì prezioso, com'era quello della Morea. Giudicossi dunque conveniente ripetere ogni anno la solennità di S. Gaetano nella chiesa de' Teatini, ove da prima erasi depositato lo stendardo dello Seraschiere, già preso in guerra dallo stesso Morosini.

Giunto il giorno del Santo, Sua Serenità fu pregata formalmente di porsi alla testa del Senato, e di trasferirsi a quella chiesa nelle sue barche dorate. La sua modestia non seppe però resistere al voto generale. Vi si recò, e risguardossi come un buon augurio, ch'egli fosse il primo a celebrare questa nuova funzione. Immenso fu il concorso, e dopo le cerimonie religiose, vi si fecero le feste civili variate in mille forme, poichè l'immaginazione di un popolo spiritoso e felice ne offre sempre di diverse e nuove.

Forse i miei lettori si saranno un po' sorpresi, ch'io gli abbia più trattenuti del lungo assedio di Candia, e delle feste celebrate pel conquistatore della Morea, che dei fatti onde fu accompagnata questa importante conquista. Conviene che mi giustifichi. Il possesso del regno di Morea apportò bensì onor immortale al conquistatore, e recò somma utilità allo Stato finchè il potè conservare; ma la difesa, benchè sfortunata, di Candia, forma l'epoca più gloriosa della Repubblica nostra; poichè l'aver prolungato quest'assedio a forza di eroiche azioni per lo spazio di circa venticinque anni, è esempio unico nella storia antica e moderna......... Quell'impero era allora possentissimo, tanto per forze navali, che per terrestri; la scienza, la pratica, la disciplina militare non gli erano estranee; le sue flotte dominavano sul Mediterraneo, e le sue armate di terra invadevano la Ungheria, la Polonia, la Germania e l'Italia, portando lo spavento sino alle porte di una gran capitale. Se volessimo porre a confronto quest'epoca con quelle tante che ci han fatto molto onore, troveremmo, che niuna vittoria ci fu più onorifica quanto questa perdita. Cominciando da' tempi rimoti, che fu mai l'aver vinto Istriani, Dalmati Saraceni? Costoro non erano, si può dire, che indisciplinati e vagabondi corsari; e noi avevamo sin d'allora una marina sì florida, che facea ricercar la nostr'amicizia agl'imperatori greci. Nell'impresa segnalata di Enrico Dandolo, nella quale noi vantiamo, e tutti ci accordano, la gloria di aver sottomesso l'impero greco, conviene particolarmente considerare, che quell'impero era allora nella sua maggior decadenza; oltrechè, se v'ebbe cosa degna di ammirazione ne' Veneti, fu la fina politica tenuta cogli alleati, e coll'infelice principe degradato, piuttostochè il valor delle loro armi, la cui celebrità fu divisa anche con i Francesi. Nelle nostre prime guerre co' Genovesi, non possiamo neppure menar gran vanto di averli superati, poichè le nostre forze marittime erano allora di tanto superiori alle loro. Quand'essi crebbero in potenza, fummo alternativamente vincitori e vinti, senza una preponderanza assolutamente decisa; nè fu, se non alla guerra di Chioggia, che i nostri cittadini Carlo Zen, Vittore Pisani, e il Doge Andrea Contarini immortalarono i loro nomi con azioni tanto chiare, da assicurare alla patria un trionfo che fece cessare ogni pretensione di rivalità. Tuttavia nemmen questo trionfo è da aversi per portentoso, poichè i nostri nemici non serbavano allora più quell'elevazione di sentimenti, che infiamma sempre chi non sa che cosa sia perdere la propria indipendenza; la quale sebben ricuperata, lascia sempre ne' cuori una specie di umiliazione che non gli rialza mai più, massime se la perdita derivata sia da una deliberata volontà generale: il che appunto era successo ai Genovesi. Riguardo alle nostre replicate guerre co' Turchi, abbiamo, in vero, riportate molte insigni vittorie; spesso fummo felici, sempre gloriosi, ed avemmo generali degni di essere paragonati ai più rinomati della Grecia e di Roma. Sopra tutto la guerra per la difesa di Scutari, e quella delle Curzolari potrebbero meritare un posto distintissimo nei fasti della Repubblica, se non venisse D. Giovanni d'Austria a contrastar la palma al nostro Sebastiano Venier, e se il principe Colonna non vi ci avesse egli pure le sue giuste pretensioni. Non m'arresto su ciò che avvenne all'occasione della Lega di Cambrai. Quella fu guerra terrestre, ed in conformità alle nostre leggi, fu diretta da comandanti ed ufficiali stranieri; nè certo il suo esito ci dà gran motivo d'insuperbirci per conto di virtù marziale. Ci può bensì meritar la stima dell'osservator filosofo, l'aver saputo stornare i rigiri d'una falsa politica colla prudenza e col senno; e possiamo anche vantarci, che in quell'incontro, forse più che in altri, venne autenticata la bontà del Governo Veneto dall'amore e dalla fede de' sudditi verso di esso, i quali, in tanto precipizio di cose, anzichè abbandonarlo, gli si strinsero a' fianchi, e fecero, che la Repubblica acquistasse gran parte di ciò che avevale involato la guerra.

Concludasi col ripetere, che l'assedio di Candia dee formar l'epoca più illustre della nostra storia. Esso fu come il suggello del grande impegno ch'ebbero sempre i Veneziani nel tener lontana dalla cristianità la barbarie ottomana. Mentre altri principi tremavano sopra i loro troni pel pericolo di qualche fatale invasione, la sola Repubblica di Venezia rintuzzavane i formidabili attacchi, e, per quanto portavano le sue forze, vendicava le offese proprie e le altrui. La rivalità, l'invidia, e l'inimicizia delle diverse nazioni fra loro, ed in particolare con noi, valsero a perpetuar l'esistenza d'un impero, che pure, coll'unirsi ai Veneti, avrebbero potuto annientare.

Se a queste considerazioni mi si permette di aggiungerne almen una, ell'è, non esser cosa nuova, che i lettori talvolta si chiamino contenti di leggere con molto interesse anche la narrazione di avversità, quand'esse contengano eroici fatti. Ma mi si risponderà, che la penna dello scrittore può sola quest'interesse inspirare. Allora io non avrò che poche parole a soggiungere; cioè, che quanto è scritto col cuore può meritare di essere letto col cuore. Questo fu il voto, che mi accompagnò incessantemente in questo mio lavoro.

CHIAMATA REGATA.

Uno de' maggiori divertimenti negli antichi tempi della Veneta Repubblica, e che attraeva a sè ogni classe di persone, era quello di tirare di fromba. Ciascun dì festivo usavasi ad una certa ora di recarsi all'isola di Lido, ed il Governo per facilitare il passaggio aveva cura che alle rive di S. Marco fosse pronto un numero sufficiente di barche a trenta e qualcuna anche a quaranta remi; talchè chi altro modo non aveva da tragittare, prendeva il remo, e così cominciava ad esercitarsi a remigare. Da tale esercizio appunto nacquero le disfide; e queste si eseguivano con quelle grosse barche che mettevansi in riga, donde derivò la parola Regata. Infin qui quest'era una specie di ginnastica poco dilettevole agli occhi, ma utilissima a rafforzar le membra ed avvezzarle al remo delle galee ed al travaglio di lunghe navigazioni. I nostri padri riflettendo alla somma utilità che ridondava in caso di guerra da questi due esercizj, pensarono al modo d'incoraggiarli; e perciò nel decreto emanato nell'occasione della gran festa per la ricupera delle spose rapite, ordinarono che ogni anno al tempo dei Ludi Mariani si tirasse di fromba in diversi luoghi della città, e si facesse una Regata. Ma fu soltanto dopo l'ingrandimento della Repubblica, che tale spettacolo marittimo prese un aspetto magnifico, abbagliante, unico; esso divenne la festa della nazione. È indicibile quanto ardore l'annunzio d'una vicina Regata inspirasse in tutte le classi, e come ciascuno si adoperasse per renderla pomposa e piacevole. Li campioni erano i gondolieri, come lo sono anche oggidì; cioè que' rematori che guidano quotidianamente le nostre gondole per gl'interni canali della città; classe di popolo, che quantunque ora non poco differente da quello ch'era in addietro, merita tuttavia l'attenzione dell'osservatore filosofo, perchè ritiene più di qualunque altra la tinta del primitivo carattere nazionale. I gondolieri sono generalmente pieni di spirito, di finezza, di penetrazione; sono destri e gai; la vivacità delle loro risposte e de' loro motti piace ed incanta. Godono in particolare la fama di aver un cuore franco, leale ed aperto; di essere secreti, fedeli e affezionatissimi ai loro padroni. Quasi tutti sanno leggere e sono forniti di una straordinaria memoria. Era altre volte un vero piacere il vederli in poppa della lor gondoletta, spingerla lentamente, trascorrere il Canal Grande, e, ad imitazione de' Rapsodisti Greci, udirli recitare le strofe amorose del nostro Omero, il Tasso, con un certo ritmo musicale lor proprio. Non potevasi assolutamente far a meno di non sentir con trasporto ripetere:

"Intanto Erminia in fra l'ombrose piante…"

Un sì delizioso quadro campestre, richiamato alla mente da un gondoliere in mezzo alle acque, è una bizzarria che seduce, giacchè il contrasto di cose differenti produce sempre sul nostro animo un massimo effetto. I nostri gondolieri hanno altresì una specie di canzoni festevoli, che chiamansi dal loro nome alla Barcarola, per le quali sono i Veneziani così appassionati, che quando si trovano fuori di patria provano in sè all'udirle press'a poco lo stesso effetto, che produce il Ranz de Vaches ne' buoni Svizzeri, sentendosi strappar dagli occhi lagrime di tenerezza e di piacere. Il loro mestiere è la loro passione; ripongono tutta la lor gloria nel ben conoscerlo, nel ben esercitarlo.

Lo spettacolo più interessante per Venezia tutta ed insieme il più maestoso era quello di una gran Regata ordinata dal governo, diretta dai più vecchi gentiluomini della città, e celebrata all'occasione che qualche ospite regale veniva tratto dalla curiosità di vedere questa città singolare ed osservarvi quel governo tanto allora da tutti ammirato. Queste Regate erano i giuochi olimpici della nostra Repubblica. Esse attiravano qui gli stranieri colla singolarità della loro pompa, coll'insolito genere di lotta e con quello de' concorrenti. Un vantaggio in oltre avevano i nostri sopra quelli d'Olimpia, ch'essendo unicamente proprj di queste lagune non v'era pericolo che venisse alcuno dalle altre parti di Europa a contrastare ai nostri campioni l'alloro.

Le disfide delle Regate erano, come anche oggidì il sono, in numero di tre, talvolta anche di quattro. Cominciavasi dalla corsa dei battelli a un remo o a due remi; dopo di che veniva la corsa delle gondolette a un remo e finalmente quella delle gondolette a due remi. Avveniva alle volte, che lo spettacolo acquistasse gaiezza maggiore da una singolarità tanto piacevole, quanto meno attesa. V'eran femmine che aspiravano anch'esse alla gloria di mostrarsi valenti in sì fatto esercizio. Eran quasi tutte di Pelestrina, paese situato in riva al mare, ed avvezze a recar le derrate al mercato di Venezia; il che le disponea facilmente a maneggiare il remo con molta forza e destrezza. Ricoperte d'abito villeresco assai grazioso, e ornate la testa di un picciol cappello di paglia, esse offrivano un quadro che ai Veneziani piaceva, ed insieme lusingava la vanità di queste repubblicane, che credevansi con ciò di apportar onore alla loro patria.

Lo spazio della corsa è di quattro miglia circa venete. Il luogo delle mosse suol essere la punta orientale della città, e lo stadio è il Canal Grande che in due la divide. Nell'altra estremità di questo, sta piantato un palo in mezzo alle acque. I rematori devono girarvi intorno e ritornare sulla loro strada, finchè giungano alla meta dove si distribuiscono i premj. Questi stanno d'ordinario collocati in una specie di largo bacino che forma il canale; ed è per questo, che li forestieri distinti e li magistrati che presiedono allo spettacolo, avendo quivi il loro posto, ponno godere di tutta ad un tempo questa corsa spettacolosa.

Una macchina di elegante costruzione e ricca di sculture e di fregi sta eretta in questo luogo, intorno alla cui base sono affissi i premj, che consistono in banderuole di varj colori. Ve n'han quattro per ciascuna disfida. L'una è rossa ed è la più gloriosa; la seconda è azzurra celeste; verde è la terza; e la quarta è gialla, alla quale suolsi aggiungere un porchetto vivo; esso è in oltre dipinto sulla bandiera. L'origine di simil costume è ignota, nè v'è autore che la dichiari. In tale incertezza, ragionevole però è il credere, che questo sia una specie d'emblema. Siccome il majale tra' quadrupedi è d'ordinario per la sua pinguedine il più lento alla corsa, così il quarto vincitore, posto a petto alli tre primi, viene a fare la comparsa di quest'animale; ma paragonato alla turba di que' che gli rimangono addietro, ha il primo vanto. Quindi è, che se il suddetto segnale ha per l'una parte un non so che d'inglorioso, riesce per l'altra un testimonio di preminenza che non dee rimaner senza lode e senza premio.

Un'altra ricompensa, oltre la bandiera, attende i valorosi campioni. Li magistrati destinano una buona somma di danaro da esser loro distribuita secondo il vario merito di ciascuno; ma ciò non fassi se non passato il giorno, quasi per dimostrare non esser quello il principal guiderdone, e per non accoppiare basse idee di cupidigia col premio onorifico che sostenne sì nobil tenzone.

Una grande orchestra d'istrumenti è disposta sopra la macchina per animare co' suoni armonici i combattenti allorchè passano, e per celebrare i vincitori allorchè tutti ansanti e grondanti di sudore vanno a cogliere il premio. Altre orchestre stanno a varie distanze qua e là sulle rive del canale, perchè in certa guisa rallegrino con soavi concerti i faticosi sforzi, che i nostri atleti sono costretti di fare nel percorrere la lunga carriera.

Un gran numero di piccioli palischermi somiglianti a battelli a quattro remi, chiamati Ballottine, di altri a sei remi, nominati Malgherotte, e di barche di ogni sorta percorrevano in questo giorno di gran festa tutto il canale. Tutti i corpi d'arti e mestieri vi avevano la lor peota ornata e montata caratteristicamente; società particolari ne formavano cento altre. Le famiglie più ragguardevoli fra la nobiltà intervenivano nelle loro peote, dove facevano spiccare a gara il loro buon gusto e la loro sontuosità, mercè tutto ciò che il genio inventivo e fecondo può produrre di elegante e di ricco. Per non dir nulla del lusso con cui eran vestiti gli otto remiganti o della varietà dei loro abbigliamenti non men ricchi, che graziosi e bizzarri, accenneremo in breve, giacchè il descriverlo minutamente è impossibile, che queste peote rappresentavano fatti o storici, o mitologici, ovvero alcune nazioni straniere delle più celebri. Se ne vedeano di quelle che alludevano ora a qualche arte, ora a qualche virtù personificata. A tal fine gl'inventori mettevano in opera insieme colla scultura, ogni maniera di drappi preziosi di seta e di velluti sopra cui risaltavano frange, fiocchi d'oro e d'argento, veli, fiori, frutti, alberi, specchi, pelli straniere, piume di uccelli rari, e finalmente tuttociò che la natura e l'arte offrir ponno per formare con sontuosità questi bizzarri emblemi, di cui l'immaginazione, senza l'ajuto de' sensi, può a stento formarsi un'idea, ma sopra i quali spesso con piacere e meraviglia ricorre quand'abbia avuto la sorte di poterne godere.

Varj giovani patrizj concorrevano pure a gara ad ornare a somiglianza delle peote, la lor Bissona, cioè Grosso serpente. Sono queste certi lunghi battelli, così chiamati a cagione della loro lunghezza e dell'acuta prora, e meglio ancora a cagion della loro agilità nel serpeggiar da tutte le parti sull'acque. Siccome il loro uso oggidì si ristringe a pura decorazione della festa, non ispiacerà al lettore di venir informato di ciò a che dovettero la loro istituzione.

Essendo che il cammino de' giostranti poteva essere interrotto dall'immenso concorso di barche d'ogni fatta, che coprivano in quel momento tutto il canale, era ufficio di questo bissone ad otto remi e snellissime di precedere i campioni, e di sgombrare ad essi la strada, costringendo la folla a ritirarsi lungo le rive. Li giovani padroni di tai navigli usavano star ginocchioni sopra sfarzosi cuscini sulla prua, con un arco in mano, dal quale lanciavano picciole palle di gesso dorato contro li direttori delle barche importune, che non obbedivano all'ordine di ritirarsi. Simile maniera di forza singolare, previdente e gentile, rendeva inutile quella, che col terrore dovuto alla sua natura, reca nell'animo degli spettatori di pubbliche feste una impressione triste, e che certamente diminuisce il comune entusiasmo. Insomma queste elegantissime e snelle bissone, e quelle ricche e maestose peote formavano una specie di decorazione magica natante. Avresti detto esser quello il trionfo di Anfitrite.

Ad aumentar lo splendore d'una Regata, concorreva la qualità del luogo. Immaginiamoci questo superbo canale fiancheggiato ai due lati da una lunga fila di fabbriche d'ogni sorte, da un gran numero di marmorei edifizj pressochè tutti di una struttura nobile e maestosa, e quali ammirabili per un gusto antico e gotico, quali per una ricchissima architettura greca o romana; tutte le finestre e le loggie ornate di damaschi, di tappeti di levante, di stoffe, di arazzi, di velluti, li cui vivi colori erano animati vieppiù da galloni, da frange d'oro, ed a cui s'appoggiavano leggiadre donne vistosamente parate, e portanti sul capo giojelli tremuli e rilucenti. Da qualunque parte tu volgessi gli sguardi, non vedevi che una moltitudine immensa, sia sulle porte, sia sulle rive, e perfino su i tetti. Alcuni tra gli spettatori occupavano certi palchi costrutti a bella posta sul margine dell'acqua. Le patrizie non isdegnavano di abbandonare i loro gran palagi e di entrare nelle loro gondole, per venirsi ad unire e confondere colle infinite altre barche, e con quei battelli verdeggianti di frasche, nei quali, se non regnava il più rigido contegno, brillava almeno l'ebbrezza del piacere e la vera serenità del cuore.

Prima della festa, anzi dal momento in cui il Governo annunziava una Regata, li campioni andavano esercitandosi per varj giorni. Li respettivi loro padroni, che s'associavano alla loro gloria, lasciavano ad essi tutta la libertà necessaria, e prestavano loro ogni soccorso, di cui potessero abbisognare per accrescere le forze e riportare il premio. Da quel punto un gondoliere cessava di esser servo; egli diveniva quasi un figlio adottivo col quale amavasi dividere la sorte. Ciascun padrone, inginocchiato sulla prua della bissona, assisteva egli stesso agli esperimenti che ogni dì si facevano; e questi esperimenti erano altrettante picciole Regate, sia per la folla degli spettatori, sia per lo dispendio degli abiti dei gondolieri, o per le consuete mancie che ad essi si regalavano. La vigilia del gran giorno cessavano gli esercizj. Era quello un dì destinato alla pietà. I gondolieri veneziani hanno una divozione particolare alla Nostra Donna della Salute. In quel dì non mancavano di recarsi al Tempio sotto tal titolo a lei consacrato, onde assistere alla Messa, che per lo più facevano celebrare a loro spese. Indi il curato delle rispettive parrocchie recavasi alle case de' futuri regattanti, ed ivi, circondato da tutti gl'individui della famiglia, benediceva prima la persona del giostrante, indi il battello a cui solevasi affiggere l'immagine di Maria, o di qualche altro santo, secondo la particolar divozione del gondoliere.

Giunto finalmente il dì della lor gloria, ciascuno allo spuntar dell'alba montava il suo piccol legno, e si portava presso il padrone per attender il momento in cui tutti dovevano insieme partire. Egli era tosto attorniato da parenti e da amici, che facevano a gara per incuorarlo ed animarlo, ricordandogli i suoi primi trionfi, se ne aveva ottenuti; e s'era quella la prima volta che s'esponeva alla lotta, esaltando le sue forze, il suo ardire, e soprattutto vantando l'interesse ch'essi prendevano nei suoi successi. Pareva che ci avesse parte anche l'onore della famiglia da cui dipendea, giacchè il padrone anch'egli nulla lasciava intentato onde inspirargli ardire e fiducia di se medesimo, e formava ardenti voti, che potesse toccare il primo o almeno il secondo la meta prefissa al glorioso arringo. Il campione gettavasi allora sulla mano del padrone per baciarla; indi precipitavasi alle ginocchia del padre, se aveva la fortuna di averlo; e gli augurj del primo giunti alle benedizioni del secondo divenivano per lui un sicuro pegno della vittoria. Oh quanto passionata era questa scena! oh quanto interesse inspirava in lui il buon padrone, che allora non sosteneva altra figura che quella di emulo del padre nel favorire il prediletto figliuolo! E come non doveva commuoverlo la benedizione di un vecchio gondoliere, pieno ancora d'entusiasmo per la memoria delle sue passate prodezze! Era cosa da intenerire il vederlo alzar la destra e porla lentamente sul capo del figlio, pronunziando queste parole: "Dio ti benedica; o mio figlio! Dio ti benedirà senza fallo e ti accorderà la vittoria, se tu ricevi questa benedizione con quel rispetto ch'egli ti comanda di avere per i tuoi genitori". Quanta morale in sì poche parole! È questa l'eloquenza del cuore, l'ingenuo linguaggio della purità, la vera decorazione del popolo. Oh purità di egregi costumi, perchè non regni ancora tra noi! Il vecchio sollevava il figliuolo; gli rammentava di nuovo le illustri prove dei suoi antenati, di quegli eroi che non avevano insanguinato il terreno, nè fatto piover lagrime sopra i proprj allori. Lo impegnava a non mostrarsi da essi degenere nel coraggio. Gli facea notare i tratti di somiglianza che aveva con qualcheduno di loro, giacchè la memoria de' vincitori conservavasi dalle famiglie nei lor ritratti. Le femmine anch'esse, unendo alla dolcezza naturale del sesso quella non poco osservabile della nazione, eran gelose di dividere con essi l'ardire. Nell'atto di presentare ai mariti il remo, assomigliavano, benchè lungi dall'austerità spartana, alle femmine greche, quando nel porgere agli sposi e ai figli lo scudo guerriero, intimavan loro di ritornare con quello o su quello.

Ma egli è tempo ormai di venire alla famosa corsa; ed il mio lettore impaziente quasi al par dello spettatore sta con ismania attendendo il punto, in cui i nostri campioni compariscono al cimento.

Il cannone dà il segnale della partenza. Le barche radono l'acqua colla velocità dello strale. Il frastuono degli applausi e dei gridi annunzia il loro arrivo nel canal grande. Li rematori posti sull'estrema punta della lor navicella fanno da principio palpitare il riguardante, che non ha l'occhio avvezzo a tal genere di esercizio. Si vedono ora incurvarsi sino alla sponda del legno, ora rialzarsi con grazia vincere la resistenza dell'acqua, e colla sola forza delle punte de' piedi e delle braccia acquistare la rapidità del lampo. Essi si superano a vicenda. Tale che sembra cedere il passo al suo emulo, ecco sel lascia ben presto addietro. I viva de' suoi amici, de' suoi parenti danno segno del suo avvantaggio, quando altri l'hanno di già trapassato, e lo costringono a raddoppiare gli sforzi. Taluni soccombono a mezzo il corso. La natura non diè loro, pari all'ardore di cui hanno infiammata l'anima, tutta la necessaria forza de' muscoli, nè quel largo petto che facilita agli altri la libera espansione de' polmoni voluta dalla rapidità del movimento. Essi si ritirano, ed il popolo veneto buono e sensibile non aggrava il lor dolore cogli urli; guardali con compassione ed amistà, li lascia andare in silenzio, e rivolgesi di nuovo a quegli altri che durano nella lizza. Di qua, di là gl'incoraggia collo sventolar de' moccichini, e le femmine coll'agitar in aria i loro Schali. Ciascun padrone sulla bissona presso il suo campione, lo eccita colla voce, lo chiama per nome, e così lusinga il suo orgoglio e lo anima. Le sue nerborute braccia, e le sue reni arrendevoli spiegano allora una forza veramente atletica. Spuma l'onda sotto il replicato batter de' remi; s'alza in ispruzzi e ricade in grosse goccie sul dorso de' remiganti aspersi del proprio sudore. Ma già a misura che s'accosta il termine della faticosa corsa cresce la loro velocità. Già ripassano sotto la volta magnifica di quel famoso ponte di marmo, che non ha che un sol arco, e di là scorgono la macchina de' premj. Il popolo che forma piramide sopra li due fianchi del ponte, e si estende sulle due rive, s'infervora egualmente per tutti. Gli anima, gli riscalda, sembra che la sua voce ajuti i loro sforzi; ma la distanza è grande ancora. Lo sfinimento obbliga gli uni a restare indietro, ed altri intanto avanzano. Ecco finalmente quel fiero mortale che afferra la bandiera rossa; il suo rivale stava già per rapirla, se non era quel potente colpo di remo che diè al primo il vantaggio. Questi almeno coglie la bandiera celeste; gli altri due sono là anch'essi alla lor volta; gli ultimi non giungono che per essere testimonj d'un trionfo, che per altro disputarono da valorosi. L'aria rimbomba d'un battimento di mani sì sonoro, che dall'altro lato del canale più rimoto dallo spettacolo si conosce il momento della vittoria. Li vincitori piantano sulla prua del loro agile legno la conquistata bandiera, ed invece di pensare a ristorar le perdute forze, ripigliato il remo, ritornano sulle lor tracce a riscuoter le congratulazioni e le lodi. In questo giro trionfale ricevono qua e là gli abbracciamenti de' congiunti e degli amici, che nel passare li chiamano; ed essi salutano rispettosamente le case dove riconoscono esservi o parenti od amici de' loro padroni, che a tutta possa cercano di applaudire alla loro vittoria.

Ma già conviene allestirsi alle altre disfide; e quando tutte ebbero fine, vedesi una folla di gondole, che rimaste libere vanno, vengono, s'incrociano fra un giocondo schiamazzo ed una viva letizia fin a tanto, che il sole attuffandosi nel mare costringe gli attori di una scena sì incantatrice a terminarla.

Quantunque per la cangiata condizione de' tempi questo spettacolo abbia perduto in qualche parte l'antica sua singolarità, la magnificenza, e quel non so che di spirito nazionale che un dì l'animava; pure non è del tutto a' nostri giorni svanito il gusto del popolo per esso; egli vi concorre con gran passione, e sul volto di ognuno leggesi tuttavia scritto quel sentimento di giubilo, che un tale spettacolo sempre in esso ridesta.

Non è questo che un informe abbozzo delle principali circostanze della regata; festa unica e propria soltanto della nostra città. L'unione dei tanti differenti oggetti proprj tutti ad interessare, l'accozzamento e la concordia di tante e tanto varie passioni acconce tutte ad esilarar l'anima, formano un insieme, di cui la descrizione più pittoresca e più energica non varrebbe a darci una sufficiente idea. Egli è in oltre certo, che chi volesse tentare di dar altrove, fuorchè a Venezia, una regata, non offrirebbe che una debole e forse ridicola imitazione; ciò sarebbe quasi il voler recitare un dramma eroico sopra una scena sparuta, e priva di tutti gli accessorj indispensabili non meno all'azione, che all'illusione; o piuttosto sarebbe un somigliare a quello sconsigliato pittore, che pretendesse con una sola figura senza attributi e senza movimento, rappresentar sulla tela una storia compiuta.

FINE DEL VOLUME SESTO.

ED ULTIMO.